花散らしの雨

みをつくし料理帖

高田 郁

時代小説文庫

角川春樹事務所

目次

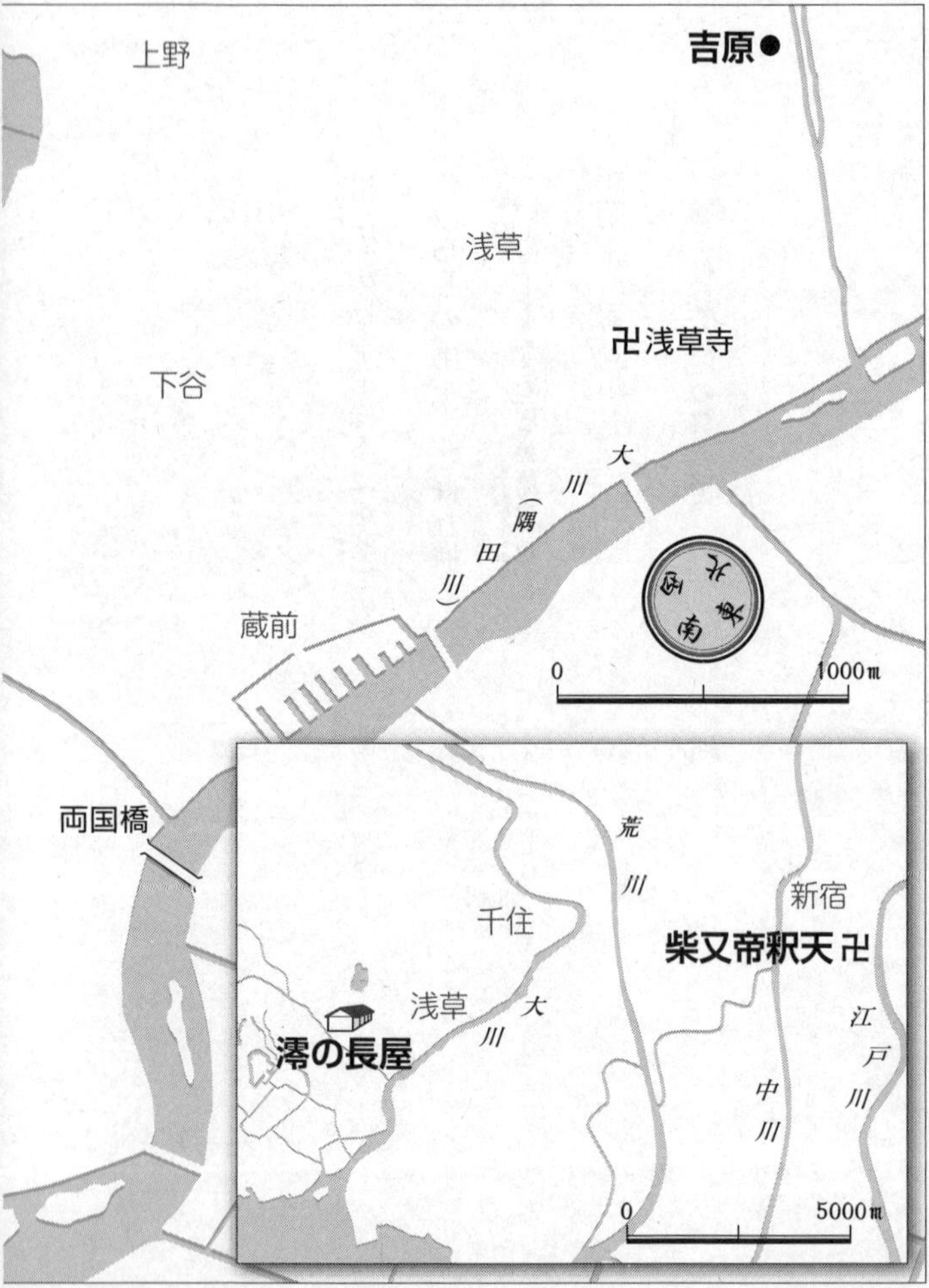

上野
吉原
浅草
卍浅草寺
下谷
大川（隅田川）
北
東
南
西
蔵前
0
1000m
両国橋
荒川
新宿
千住
柴又帝釈天 卍
浅草
大川
澪の長屋
江戸川
中川
0
5000m

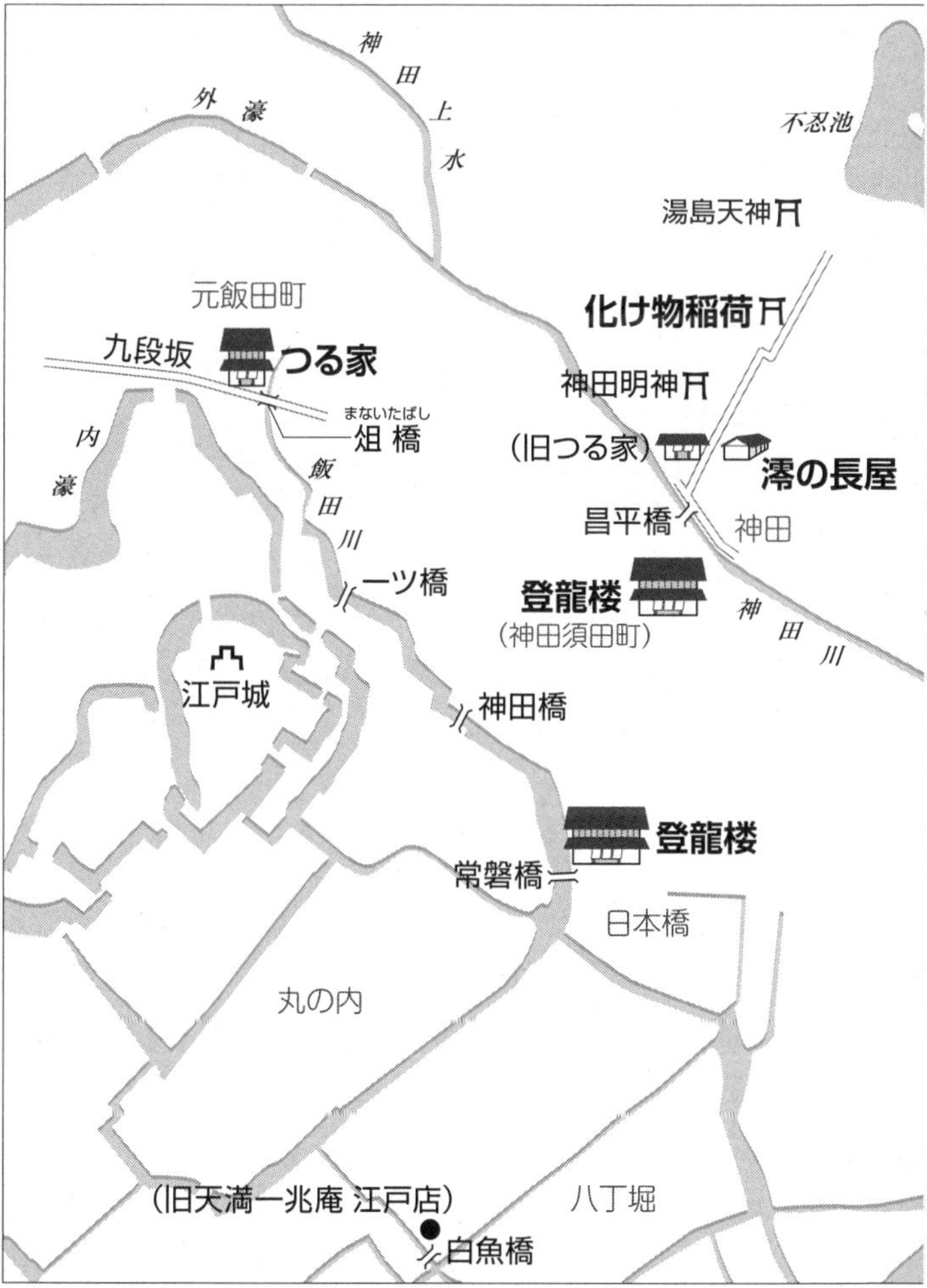

神田上水
外濠
不忍池
湯島天神
元飯田町
化け物稲荷
九段坂
つる家
神田明神
まないたばし
俎 橋
内濠
(旧つる家)
澪の長屋
飯田川
昌平橋
神田
一ツ橋
登龍楼
(神田須田町)
神田川
江戸城
神田橋
登龍楼
常盤橋
日本橋
丸の内
(旧天満一兆庵 江戸店)
八丁堀
白魚橋

俎橋《まないたばし》から——ほろにが蕗《ふき》ご飯

燦々《さんさん》と日差しの降り注《そそ》ぐ中を、船頭がゆっくりと棹《さお》を操《あやつ》って飯田川を下っていく。棹が差し込まれる度《たび》に小さな波が生まれ、散り梅の花筏《はないかだ》が河岸《かし》へと寄せられる。緩《ゆる》やかな弧を描いて架かる俎橋《まないたばし》。その上から川面《かわも》に目をやっていた澪《みお》の口もとが、自然に綻《ほころ》んだ。季節はまさに、水ぬるむ春なのだ。

視線を転じれば、九段《くだん》坂という名の上り坂。坂を挟んで左手に武家屋敷が広がり、右手には町屋が重なり合う。九段坂下、川筋から数えて三軒目に、間口《まぐち》三間《けん》（約五・四メートル）ほどの二階家があった。その庇《ひさし》に掛けられた看板には鶴《つる》が彫り込まれ、「つる家《や》」の屋号が読み取れる。屋号は店主種市《たねいち》の亡き娘の名前にちなんだものだった。

——おつるさん、今日も精一杯、美味《おい》しいものを作らせて頂きますね

澪は、胸にそっと片手を置くと、声に出さずにそう呟《つぶや》く。何かと軋轢《あつれき》のあった登龍《とりゆう》楼《ろう》とも、こちらへ移ってからは係わることもない。今は穏《おだ》やかに料理のことだけを考えていられることが有り難かった。おつるに感謝をすると、澪は元気よく俎橋を渡る

のだった。

「旦那《だんな》さん、お早うございます」

「おっ、相変わらず早ぇなあ、お澪坊」

調理場の隅《すみ》で丼飯を掻《か》き込んでいた種市が、入って来た澪を見て、箸《はし》を止めた。

「無理言って金沢町からここまで通ってもらってるんだ、朝はゆっくりで構わねぇのに」

「夜は早めに上がらせて頂いているんですもの。これでも遅いくらいです」

澪は言って、種市の丼の中を覗《のぞ》く。店主の朝餉《あさげ》は、冷や飯に若布《わかめ》の味噌汁《みそしる》をかけたものだ。お漬物でも出しましょうね、と澪は襷《たすき》をきゅっと結んだ。

元は神田御台所町《かんだおだいどころまち》に在《あ》ったつる家だが、付け火で焼失し、屋台見世《みせ》を経《へ》て、初午《はつうま》にこの地に移ったばかり。今度の店は一階が入れ込み、二階には小部屋が三つ。小部屋はそれぞれ「山椒《さんしょう》の間」「山葵《わさび》の間」「胡椒《こしょう》の間」と名付けられ、周辺の侍がこっそり忍んで食べにくるのに重宝されている。こぢんまりとしてはいても、一階、二階とも畳敷の部屋は、以前の屋台や床几《しょうぎ》に比べると、決して気安くは無い。だが、腰を落ち着けて食べられるのが良い、とわざわざ足を延ばしてくれる馴染《なじ》み客も居た。また、料理番付に載《の》った料理屋、ということもあって、新しい客も覗きに来る。概《おおむ》ね、商《あきな》い始めとしては順調と言えた。

「口入《くちい》れ屋の方から珍しく売り込みがあったんだよぅ。手が足りねぇだろうから、住み込みの小女《こおんな》を使っちゃどうか、って」

澪の用意した芥子菜《からしな》の切り漬けに箸を伸ばしながら、種市が言う。

「先々、酒でも出すようになりゃ話は別だが、今は料理はお澪坊、ほかはご寮《りょん》さんとおりょうさんとで充分さね。それに住み込みってのも厄介《やっかい》なんで、断っちまった」

それを聞いて、澪の両の眉《まゆ》が微妙に下がった。以前の奉公先の女将《おかみ》だった芳《よし》。同じ裏店《うらだな》の住人おりょう。御台所町の頃なら、それで手が足りた。だが、店が座敷になると、お客の履物《はき》の世話が大変なのだ。つる家では種市がその世話をするのだが、屈《かが》んだり立ったりの繰り返しで、腰に負担がかかる仕事だった。

「せめて下足番《げそくばん》はお雇いになった方が良いように思います」

大体、店主がその役をするのはどうかと思います、とおずおずと提案する澪に、

「この店の柱はお澪坊さね。俺ぁ気楽な隠居みてぇなもんだからよぅ」

と、種市は首を振り振り笑ってみせた。

「澪ちゃん、向こうの奥のお客なんだけど」

昼餉時《ひるげどき》が過ぎ、客足も落ち着いた頃。調理場に器《うつわ》を下げに来たおりょうが、大きな身体《からだ》を縮めるようにして、澪に耳打ちした。

「茶碗蒸《ちゃわんむ》しが気に入らないらしくて、お冠《かんむり》なのさ。ご寮さんに取りなしを頼もうと思ったんだけど、二階のお客に捉《つか》まってるみたいで」

下げられた器に、百合根《ゆりね》が数片、残されている。澪の顔が曇《くも》った。念入りに下拵《したごしら》えしたのだが、そろそろ時季を終えつつある百合根だった。澪はおりょうに洗い場を託《たく》すと、襷と前掛けとを手早く外《はず》して座敷に向かった。

背の低い衝立《ついたて》で仕切られた座敷を、土間伝《づた》いに通り抜ける。一番奥には既《すで》に客の姿は無く、畳の上の懐紙に料理の代金がきっちりと置いてあった。入口の方へ目を向けると、まさに男の客が板張りで苛々《いらいら》と足踏みしているのが見えた。

「お客さま」

土間から座敷に上がり、急いで駆け寄った澪に、男が吐き捨てるように言った。

「なっておらぬな、この店は」

齢《よわい》四十七、八。狭い肩幅に痩《や》せた体躯《たいく》、代わりに頭の大きさばかりが日立つ。利休《りきゅう》茶に赤を忍ばせた唐桟縞《とうざんじま》の小袖《こそで》姿が何処《どこ》となくやんちゃな印象を与えていて、生業《なりわい》の見当がつかなかった。

男は、低いが怒りを孕《はら》んだ声で続ける。

「料理番付に載った料理と聞いたが、あの百合根は全《まった》くもって、なっておらぬぞ」

申し訳ございません、と澪は板張りに膝《ひざ》を折り、額《ひたい》を擦《す》りつけて詫《わ》びた。

つる家の看板料理「とろとろ茶碗蒸《ちゃわんむ》し」は旬《しゅん》の移ろいに従って、銀杏《ぎんなん》と柚子《ゆず》を外し、代わりに蒲鉾《かまぼこ》と三つ葉を用いている。百合根は微妙なところだったが、替える時期を迎えていたことがこの客によって示された。ほくほくとした食感と甘みとを惜《お》しむ余り、判断を間違えたことを澪は恥じた。

「誠に申し訳ございません」

澪は、言い訳はせずにひたすら頭を下げた。ふん、と鼻から荒い息を吐くと男は、

「ええい、早《はよ》う履物を出さぬか」

と、足踏みを繰り返す。

用足しに行っていたらしい種市が、慌てて入口脇の下足棚《げそくだな》から一足の履物を取り出した。

「違う、わしのはこれではないぞ。客の履物を間違える料理屋があるか」

土間に置かれた履物を見て、男が頭から湯気を立てんばかりに怒り出した。うろたえた種市が中腰のまま尻餅《しりもち》をつく。

「鼻緒《はなお》は白、裏は革張りで鉄を打った雪駄《せった》だ」

種市は、腰を庇《かば》いながら手を伸ばして、言われた通りの雪駄を取った。正しく置かれた履物を見て、男はまた、ふん、と鼻から息を吐く。

「失敗は三度までだ。以後は気をつけよ」

そう言い捨てると、男は澪が捲《めく》った暖簾《のれん》をさらに肩で分けるようにして出て行った。

「これから例の口入れ屋へ行って来るよ。俺ぁ、とても客の履物を覚えきれねぇや」

お客の背中を見送って、種市が肩を落とした。


ふき、という名前の少女が風呂敷包《ふろしきづつ》みひとつ抱えてつる家にやって来たのは、その日の夕刻のことだった。

唐輪《からわ》に結った髪に、身あげした着物から折れそうに細い手足がのぞく。歳《とし》は十三というが、誰の古着か、鈍色《にびいろ》のよろけ縞の年寄り臭い着物がいかにも不似合いで、気の毒なほどだった。

「ふきと言います。よろしくお願いします」

緊張した面持《おもも》ちで言うと、額が膝につきそうなほど、深々とお辞儀をした。その横で、種市が心配そうにはらはらと見守っている。そうしていると、二人はまるで祖父と孫のように映った。同じことを思ったのだろう、おりょうと芳、それに澪とがそっと互いを見合って、頬《ほお》を緩めた。

「ふき、って名前は、覚えやすいし、何とも美味しそうで良いよね」

あたしゃ蕗飯《ふきめし》が大好物でね、とおりょうがからからと笑ってみせた。それで初めて、少女の口もとが綻んだ。栗鼠《りす》を思わせる大きな前歯が何とも愛らしい。

澪はふと、ふきの手に目を留めた。顔にそぐわない、節《ふし》くれ立った荒々しい手をしている。澪の視線に気づいたのか、少女は、そっと両の手を後ろに隠した。

以前の奉公先のことなど、色々と聞きたい気持ちはあったが、座敷の客が立ち上がる気配がしたため、各々《おのおの》はそれに気を取られた。

「骨惜しみせずに働いて、このひとたちによく可愛《かわい》がってもらいなよ」

種市はふきの頭に手を置き、もう一度、皆にお辞儀をさせる。それをきりにそれぞれの持ち場へと向かった。

ほどなく、ふきの「おいでなさいませ」「ありがとうございました」という声が調理場にまで届いて、澪は包丁を使う手を少し止める。子供らしい無邪気な明るさは無いが、出迎え、見送り、ともに気持ちのこもった声だと思った。

「旦那さんが馴染みの口入れ屋から半《なか》ば強引に押しつけられた、と聞いたけど」

汚れた器を手にして戻ったおりょうが、そっと耳打ちする。

「良さそうな子じゃないか。まあ、何処《どこ》となく暗い感じがするのは、わけを聞けば無理もない話さ」

おりょうが合い間、合い間に種市から聞き出した話によると、ふきのふた親はすでに無く、前の奉公先の煮売《にう》り屋が潰《つぶ》れて、路頭に迷う寸前だった、とのこと。

話を聞きながら、澪は息苦しくなるのを感じた。寄《よ》る辺《べ》を失った子供がひとりで世の中を渡って行く辛《つら》さ、切なさ。ふきの身の上は十二年前の澪自身に重なった。

おりょうはおりょうで、おそらくは太一《たいち》のことを思ったのだろう、どの子も皆、幸せになってほしいもんだよ、と滲《にじ》んだ声で呟いた。

時の鐘が七つ（午後四時）を知らせ、ひと足早く、おりょうが太一の待つ裏店へ帰ると、つる家もそろそろ夕餉の書き入れ時を迎える。春とはいえ夜になれば肌寒く、つる家の酒粕《さけかす》汁を求めて足を運ぶ客も多い。澪はふきのことを気にする余裕もなく、調理に追われた。

六つ半（午後七時）を回る頃、ふきが土間伝いに調理場へ顔を出した。間仕切り越しに澪しか居ないことを確かめると、おどおどと尋ねる。

「旦那さんから暖簾を終《しま》うように言われたんですが、良いんでしょうか」

酒を出す店ならばこれからが稼ぎ時。少女の疑問はもっともだった。澪は、ええ、と頷《うなず》きながら、改めて店主に申し訳ないと思う。

芳と澪の住まいの金沢町は、ここから徒歩で半刻(約一時間)近くかかるのだ。おまけに俎橋を渡って昌平《しょうへい》橋に至るまでの間は武家地で、夜は殆《ほとん》ど人通りがない。ただ、武家屋敷の門限が五つ(午後八時)のこともあり、早めに店を出れば、比較的ひとの気配のあるうちに昌平橋までたどり着くことが出来るのだった。

「あとは俺とふき坊に任せて、ご寮さんとお澪坊は上がっとくれ」

種市に急《せ》かされて、芳とふたり、慌ただしく調理場を後にする。ふきが、ふたりを送って外へ出た。

「お疲れさまでした、ご寮さん、それに……」

澪のことをどう呼べば良いのか、ふきは上目遣《うわめづか》いで言葉を選んでいる。

芳から優しく、

「澪姉さん、でえぇのと違うか?」

と言われて、少女は小さな声で、澪姉さん、と呼んだ。途端に、澪はくすぐったいような笑顔になる。これまでそんな風に誰かから呼ばれたことがなかったのだ。

お休みなさい、と返して、澪は芳とふたり、何とも幸せな心持ちで月影の揺れる飯田川を渡る。俎橋を渡りきって振り返ると、ふきがまだ店の表にひとり佇《たたず》んでいるのがうっすらと見えた。

翌朝。

澪はあとの家事を芳に任せ、常《つね》よりさらに早く、つる家へ赴《おもむ》いた。

「お早うございます」

店の表で打ち水をしていたふきが、手を止めて頭を下げる。おはよう、と返しながら、澪は感心して周囲を見回す。入口も土間も箒《ほうき》で丁寧に掃き清められ、雑巾《ぞうきん》で拭《ふ》いたばかりの格子《こうし》が朝の光で輝いて見える。

「ふきちゃんは働き者ね。ありがとう」

澪が温かく言うと、ふきは戸《と》惑《まど》った顔で俯《うつむ》いた。あとを任せて店の中へ入る。座敷もすでに掃除が済まされていた。さらに、調理場の水瓶《みずがめ》には満々と水が張られており、竈《かまど》には火が入って、鍋《なべ》にたっぷりと湯が沸いている。十三歳の少女がしたこととは思えぬほど、どこにも手を抜いた様子がなかった。

種市は仕入れに出かけているらしく、調理場の隅には、馴染みの百姓が届けてくれた食材が積まれたままになっていた。春菊と芥子《からし》菜《な》がことに良い。澪は双方の香りを交互に嗅《か》ぎながら、これらを使って茶碗蒸しや酒粕汁に取って換わる料理が出来ないか、と考える。

ふと、気配を感じて振り返ると、ふきが間仕切りの傍《そば》に立って、こちらをじっと見ていた。ばつが悪そうに俯く少女に、澪は温かな笑顔を向ける。

「ふきちゃん、お料理、好きなの?」

問われて少女は、一旦《いったん》首を横に振り、少し考えて、今度は縦に振ってみせた。その愛らしい仕草に澪は思わず笑い声を洩《も》らした。

「嫌いだけど、好きなのね?」

「前の奉公先では、調理場へ入るだけで怒鳴《どな》られましたから……」

済みませんでした、とふきは小さな声で言って頭を下げた。

女が店の調理場に立つことを厭《いと》う料理人は多い。ふきの居た店でもそうだったのだろう。澪は、そっと少女を手で招いた。

「暖簾を出す前なら、こうして調理場で私の仕事を見ていて構わないし、良ければお料理も少しずつ教えてあげる。ただし、一旦、暖簾を出して履物を扱ってからは、調理場に出入りするのは控《ひか》えてね」

履物を扱った同じ手で、口に入る料理に触れているかも知れない、という危惧《きぐ》を客に抱《いだ》かせないためだ、と教えると、ふきはこっくりと頷いてみせた。

種市が戻り、下拵えも整った頃、勝手口からおりょうと芳とが姿を現した。

「昌平橋の脇の土手にこんなのを見つけたよ」

そう言って、おりょうは手にした瑞々《みずみず》しい淡い緑の葉を示す。

「まあ、蓬《よもぎ》」

まだ萌《も》えて間もない蓬は、淡くて優しい芳香がする。おりょうから渡された蓬に鼻を埋《うず》めて、澪は胸一杯に匂《にお》いを吸い込んだ。

「こいつぁ初ものだ。お澪坊、今日の賄《まかな》いに使っちゃどうだい」

種市の提案に、澪は、そうですね、お汁《つゆ》の具にしましょうか、と頷いた。他の料理に使うには量が少な過ぎた。

そりゃ楽しみだね、と言いながら、おりょうはふと、間仕切りの向こうへ目をやった。その土間に座り込んで、ふきが何か作業をしている。つられて澪たちも土間を覗いた。

ふきは見られていることに気付かず、古い布巾《ふきん》を手で細かく裂いて、一心に紐《ひも》を編んでいる。既に編み上げられた紐が幾つも重ねて積まれていた。

「ふきちゃん、そんなもの、どうすんだい？」

おりょうから声をかけられて、ふきは驚いたように飛び上がった。見咎《みとが》められたと思ったのか、後ろ手に紐を隠して、済みません、済みません、と可哀《かわい》そうなほど頭を下げる。おいおい、と種市が少女の頭を優しく撫《な》でた。

「古い布巾をどう使おうが、誰も咎め立てなんざしねぇよ。ただ、ふき坊が何をしてんのか、知りたいだけさね」

宥《なだ》められて漸《ようや》く、ふきはおずおずと手の中の紐を示した。

「履物をこれで結んでおけば、片方が迷子になることもないし、混んだ時にも扱い易《やす》いと思って」

下足棚には限りがあって、書き入れ時など収まりきれない履物が溢《あふ》れて難儀する。紐で結んで棚にぶら下げられるようにすれば良いのではないか、というのである。

「なるほど、そりゃあ良い考えだ」

種市が感心して、膝を叩《たた》く。賢《かしこ》いねえ、とおりょうも思わず唸《うな》った。

同じくふきを褒《ほ》めようと口を開きかけた澪だが、芳がほんの少し眉根《まゆね》を寄せて考え込んでいることに気付いて、留《とど》まる。おい、まだかい、と表から客の促《うなが》す声が聞こえて、つる家の面々は慌ただしく散った。

「澪ちゃん、例のほら、百合根でお冠のお客が今日も来たんだけどね」

昼餉時、座敷から器を下げて戻ったおりょうが、からからと笑っている。ご覧よ、と拭《ぬぐ》ったように綺麗《きれい》になった器を示されて、澪は、ほっと胸を撫で下ろした。あれからすぐに茶碗蒸しの具材から百合根を外し、試行錯誤《さくご》の末、戻した干し椎茸《しいたけ》に替えたのだ。澪は嬉《うれ》しくなって、調理場を出て、目立たぬように入口へ向かった。

「お越しいただき、ありがとうございました」

「ふん」

土間から丁寧に挨拶《あいさつ》する澪を見おろして、件《くだん》の客は、大きく鼻を鳴らした。

「ありがとうございました」

額が膝につきそうなほど深くお辞儀をして、ふきが塗下駄《ぬりげた》を男の足元に置く。昨日の雪駄と違う、とどきりとした澪だが、その履物に間違いなかったらしく、男はまた、ふん、と鼻を鳴らして下駄に足を突っ込んだ。仕事ぶりが気に入ったのだろう、男は袂《たもと》から小銭を出すと、ぬっとふきの顔の前に突き出した。困惑してこちらを見る少女に、澪は、もらっておきなさい、と目で伝えた。

「おい、今の」

男と入れ替わりに入って来た客が、背後の連れを振り返って、楽しそうに言った。

「今の男、ありゃあ、中坂に住んでる清右衛門《せいえもん》てぇ有名な戯作者《げさくしゃ》よ。本業じゃかつかつなのか、大家と薬屋とを掛け持ちして、おまけに恐妻家で知られてらぁ」

翌日、澪は笊《ざる》を手に家を出て、おりょうから蓬が生えていると聞いた昌平橋の土手を注意深く歩いた。話通り、あちこちで蓬が新芽を吹いている。澪は嬉しくなって、せっせと摘《つ》み始めた。

「まあ」

蓬の群れに交じって、見覚えのある丸みを帯びた斑入《ふい》りの葉を見つけた澪は思わず歓声を上げた。その昔、賄いでよく食べた野草で、天満一兆庵《てんまいっちょうあん》の井戸端《いどばた》に自生したのと同じもの。当時、嘉兵衛《かへえ》が「春は芽、夏は葉、秋は実、冬は根のものを賄いでも扱うように」と命じたため、春、芽吹いて間もない野草や山菜を摘んで、よく賄いに用いたのだ。澪は懐かしさで胸を一杯にしながら、注意深く、まだ小さく柔らかなそれをそっと摘み取った。

「澪姉さん、それは？」

調理場で摘んだばかりの野草を洗う澪の手もとを見て、ふきが好奇心を抑《おさ》えきれないように、恐る恐る尋ねた。澪は、まだ内緒よ、と笑ってみせて、少女にこう頼んだ。

「ふきちゃん、悪いのだけど、勝手口と障子を開けておいてくれるかしら。匂いが籠《こも》るといけないから」

「澪ちゃん、一体、何が始まるんだい?」

　座敷の仕度を整えて調理場に戻ってきたおりょうが、興味深そうに問うた。芳は、鍋に胡麻《ごま》油が煮えているのを見るや否《いな》や、座敷に戻って襖《ふすま》を閉めて回った。匂いが座敷まで流れていくのを恐れたためだった。

　用意が整うと、うどん粉に僅かの片栗粉を加えて水で溶き、衣《ころも》を作る。食材に薄くその衣をつけると、熱した油に落としていく。じゅう、っという音と共に、胡麻油の強い香気が調理場中に満ちた。

「やけに良い匂いがするじゃねぇか」

　店主の種市が、鼻をくんくんさせながら入って来た。油の中、衣を着て泳いでいる野草を見て、ほほう、と目を見張る。

「朝っぱらからえらく豪勢だな、お澪坊」

「昨日、蓬で賄いのお汁《つゆ》を作っていて、思いついたんです。せっかくの春の恵みですから、こうして食べる方が美味しいと思って。お味を見てください」

　からりと揚がったばかりの野草を平皿に盛って、皆の前へ差し出す。

「澪ちゃん、これは何て料理なんだい?」

おりょうが皿を前に首を傾《かし》げた。

「胡麻油で揚げるところを見ると天ぷらみたいだけど、でも、天ぷらってのは、海老《えび》とか穴子《あなご》とか、魚に衣をつけて、こんな風に揚げたもんだよね？」

おりょうの隣りで、芳が、驚いたように目を見張った。

「天ぷら、言うたら、魚のすり身を揚げたもんと違うのだすか？」

え、すり身？　と種市とおりょうが同時に声を上げた。

「ご寮さん、どうしてわざわざ魚をすり身にして揚げる必要があるのさ？」

「そうとも。新鮮な魚を開いて衣をつけてさっと揚げりゃあ、簡単だし手間もかからねぇし、その上、とびきり旨いのによぅ」

芳たちの天ぷら談義をよそに、先ほどから苛々と皿を注視しているのが、澪とふきであった。揚げ物から立ち上っていた湯気が消えそうな段になると、澪は思わず声を荒らげた。

「話してないで、早くお箸をつけてください」

「そうですよ、せっかく熱いのに、冷めてしまうじゃないですか」

ふきが怒りを込めた口調で加勢する。

一瞬、呆気《あつけ》に取られたようにふきの顔を見たあと、全員がわっと笑った。ふきは途端に真っ赤になって、小さな声で済みません、済みません、と繰り返す。

おりょうが笑い過ぎて溜《た》まった涙を指で払いながら、何も謝ることたぁないよ、と言って、まだ笑っている。

「そうとも、ふき坊の言う通りさね。それじゃあ、お澪坊、食わしてもらうぜ」

種市がまず、蓬に箸を伸ばした。小皿に塩を移し、ちょいちょいと付ける。おりょうもそれを真似《まね》る。芳は、遠慮しているふきのために、ひとつ取って小皿に入れてやった。

「こりゃあ旨《うめ》ぇや」

さくっ、と良い音をさせてひと口たべた途端、種市が目を細めた。

「澪ちゃん、これは本当にあたしの知ってる蓬かい？　別物じゃないのかい？」

感動した面持ちのおりょうの向かい側で、ふきが夢中で蓬を頬張っている。

「今度はこちらの丸い方を食べてみてください」

澪はそれぞれの小皿に、件《くだん》の野草の揚げ物を入れた。芳がぱっと笑顔になって、澪を見た。天満一兆庵の賄いを思い出したに違いなかった。

「こいつぁ何だい、丸い葉っぱに見えるが」

種市が首を捻《ひね》りながら、それを口に運んだ。咀嚼《そしゃく》するや否や、老人は目を剝《む》いた。

おりょうとふきが、それを見て、競うように箸を伸ばし、ぱくりと食べる。三人は目を見張ったまま、もぐもぐと口を動かし続ける。ごくん、と口の中のものを飲み込むと、種市が叫んだ。

「お澪坊、こいつぁいけねえ、いけねぇよぅ」

「いけないんですか」

澪が両の眉を下げて悲しげに言うと、種市は、そうじゃねぇよぅ、と激しく手を振った。

「旨すぎていけねぇんだよぅ」

芳が、堪《こら》えきれずに吹き出した。ご寮さんまで何だよぅ、と種市がふくれてみせる。

「外はさくさくで、中はもっちり。ほんのりした苦みがまた何とも爽《さわ》やかで、こんな食い物、俺は知らねぇよぅ」

そうともさ、とおりょうが頷く。

「あたしでもお酒が欲しくなっちまう。これは罪な味だよ。けど、正体は何だい？」

「あたしも知りたいです、澪姉さん」

ふきまでもが身を乗り出して答えを知りたがっている。澪は、声を出さずに笑いながら、芳を見た。芳は澪に頷いて見せると、澄まし顔で言った。

「これは雪《ゆき》ノ下《した》だす」

「雪ノ下？」

三人が声を揃《そろ》えて言って、困惑したように顔を見合わせた。

「雪ノ下って、そこらの井戸端とか、土手とかに生えてるあれかい？　勝手にどんどん増えていく野草の。そうなのかい、澪ちゃん」

「白い、変わった形の花が咲く、あの草？」

おりょうとふきとが信じ難《がた》い、という顔で、皿の揚げ物と澪とを交互に見た。

「俺ぁ決めた。これをつる家の、春の看板料理にするぜ」

種市は箸を握ったまま、興奮したように板敷から立ち上がって叫ぶ。

「そうと決まりゃあ、天ぷら鍋の良いのを誂《あつら》えよう。俺ぁ、ちょっと出かけて来る」

雪ノ下と蓬は、この時期、土手や空き地を探せば簡単に見つかる。それらを摘み集めてくるのは、ふきの役目になった。おりょうも太一や裏店の子供に頼んで、充分な量を集めてくれた。澪だけが今ひとつ煮え切らない。

「確かに美味しいんですが、もとは賄い料理ですし」

つる家の看板料理扱いには、気が引ける澪なのだ。だが、種市は譲らない。

「あんなに旨いものを出さないって法は無《ね》ぇや。それに、こう言っちゃ何だが、つる家は高級料理屋じゃねぇんだ。安くて旨い料理を喜んでもらうのが一番さね」

種市はそう言いながら、紙に大きく、春の精進揚げ、と書き上げて、満足そうに頷いた。

「鍋が出来るまで五日も待たされるとは思わなかったが、今日からつる家の看板料理はこれだよぅ。さ、こいつを店の表の目立つとこへ貼《は》って、と。ふき坊、ふき坊は居ねぇのかい」

ふきは雪ノ下を摘みに行ってまだ戻らない。澪は、私が貼って来ます、と店主から紙を受け取った。

店の前の通りは俎橋から九段坂へと繋《つな》がっているため、今日も人通りが多い。春の風が土煙を舞い上げて、表に出た澪を襲う。澪は目を庇いながら、表格子の見え易い位置に、店主の書いた紙を貼った。早く店の中へ入ろうとした、その時。

「神田須田町の登龍楼の、ありゃあ、罪作りよ。雪ノ下だっけか、思い出すとまた食いたくなっちまう」

澪の後ろを通り過ぎた職人風の男が、連れにそう話す声が聞こえて、澪は足を止めて振り向いた。心《しん》の臓《ぞう》が飛び跳ねたように感じた。

「外はさくさくで、中がもっちもち。あんな揚げ物は初めてだぜ」

雪ノ下なんざ汗疹《あせも》の薬か、さもなきゃ雑草だと思ってたのによ、と話すその男に、駆け寄って話を聞き出したい衝動を、澪はじっと堪えた。

よもや、雪ノ下と一緒に、登龍楼の名を聞こうとは思わなかった。一体、これはどういうことか。またしても登龍楼に料理を真似された、ということか。否、違う。

「ああ」

低い呻《うめ》き声を洩《も》らし、澪は呆然と立ち尽くした。

暖簾を出したつる家に、客が入り始める。動揺を押し殺して、澪は衣の用意にかかる。新しい献立《こんだて》の注文が通ると、種市は調理場と座敷とを繋ぐ土間を行ったり来たりして、うずうずと様子を見守った。

種市の思惑《おもわく》はこうであった。雪ノ下の揚げ物を食べた客がその未知の食感に驚き、味わいに魅了されて、それがまた口伝《くちづ》てに広まって江戸中の評判になる、と。

「おや、ここでも雪ノ下かい」

最初に精進揚げを頼んだ客が、箸で雪ノ下を摘まみ上げると、妙な顔で首を捻った。

「俺ぁ登龍楼で、つい昨日も同じものを食べたばかりだ。はて、今の流行《はや》りなのか」

「と、と、登龍楼？」

種市が恥も外聞もなく、客のもとへ転がり寄った。

「登龍楼が、これと同じものを出してるんですかい？　この、雪ノ下の精進揚げを」

「な、何でぃ、この爺《じい》さんは」

客は種市の取り乱しように泡を食っている。異様な空気を察知した芳が、さり気なく客と種市の間に割って入り、お客に丁重に頭を下げた。

「お食事中に失礼しました。さ、旦那さん」

そっと促すも、青ざめた店主は芳を押し退《の》けて客に縋《すが》った。

「教えてくんな。登龍楼が本当にこれを」

調理場で耳を欹《そばだ》てていた澪だが、我慢できずに、土間伝いに座敷へ向かう。と、その時。

「神田須田町の登龍楼が、雪ノ下の揚げ物を出したのは、三日前からだ」

斬《き》りつけるような声が、座敷の一番奥の席からかかった。声の主《ぬし》を見ると、例の恐妻家の戯作者、清右衛門だった。清右衛門は澪に視線を向けると、嘲《あざけ》るように言い放《はな》つ。

「雪ノ下と蓬に衣をつけて揚げることは同じでも、向こうは『野辺《のべ》の草摘み』という洒落《しゃれ》た名前で出しておるぞ」

　ああ、やはり。

　澪は真っ青になった。登龍楼の方が先ならば、真似たのはつる家ということになってしまう。これまで散々、登龍楼に真似られる立場だったつる家が、その登龍楼を真似た形になるのは、耐え難いほどの屈辱だった。

　そんな澪の姿に、戯作者は、ふん、と鼻を鳴らした。

「二番煎《せん》じとは何と恥知らずな、と思ったが、その様子では、何も知らなかったと見える」

「当たり前だよ」

　階段で成り行きを見守っていたおりょうが、どすどすと畳を踏みならして、男の前に仁王立《におうだ》ちになった。

「つる家の料理人は、そんな猿真似をするような卑怯者《ひきょうもの》とは違うんだ。恥知らず、なんて言葉は、これまで散々うちの料理を真似して来た登龍楼に言えってのさ」

　おやおや、と清右衛門は、肩を竦《すく》めてみせる。

「料理屋が売るのは料理だけにしておけ。喧嘩《けんか》まで売るのは筋違いだ」

　ふん、と鼻を鳴らすと、男は不快そうに立ち上がって、座敷を出て行った。入口では、ふきが真っ青な顔で履物を揃えていた。

その日は種市の判断で、七つには暖簾を終った。調理場では、つる家の面々が揃って項垂《うなだ》れている。重い空気に居辛くなったのだろう、ふきがそっと席を外した。

「旦那さん、ご寮さん、澪ちゃん、この通りです。堪忍してください」

おりょうが、板敷に手をつくと、大きな身体を丸く縮めて声を震わせた。

「お客に啖呵《たんか》を切るような真似をして……あたしゃ自分が恥ずかしい。この店の信用に泥を塗りつけてしまったよ」

「おりょうさんは俺の代わりに言ってくれたようなもんさね。気にしなくて良い」

種市が疲れた声でおりょうを慰《なぐさ》めた。

先刻より考え込んでいた芳が、身体ごと澪に向き直る。

「澪、お前《ま》はん、これからどうする気ぃや。精進揚げは続けるんか?」

問われて、澪は、暫《しばら》く天井に視線を向けて考え込んだ。

蓬も雪ノ下も春になれば芽吹く野草で、それらを食材に出来ることは料理人ならば知っているだろうし、思いつきもする。この江戸で、同じ食材で同じつけ揚げ、という重なりは避けられないことかも知れない。登龍楼を真似た、と思われるのは心外だが、今はそのことに拘《こだわ》り過ぎるべきではないのではないか。

澪は漸《ようや》く、心を決めて、芳を見た。

「精進揚げは、このまま続けます」

その答えに、種市とおりょうが顔を曇らせる。

「それだとまた、二番煎じ呼ばわりをされちまうよ、澪ちゃん」

「俺もそう思うぜ。第一、登龍楼と同じ遣《や》り口になっちまうのが口惜《くちお》しい」

いいえ、と澪は首を横に振ってみせる。

「雪ノ下も蓬も、この季節だけのもの。それをお客さんに楽しんで頂けることの方が、私にとっては大切なんです。その代わり」

若い料理人は、店主と仲間とを見回してから、きっぱりとこう言った。

「『これぞつる家の看板料理』とお客さんに納得して頂ける、この季節を味わい尽くせる料理を考えます」

声に出さずに幾度も頷いて、芳が満足そうに目もとを和《やわ》らげた。

つんつん、つくし
つくし、一盛り一文《もん》
土筆《つくし》売りの幼い声が、朝の川風に乗って運ばれて来る。その売り声に澪ははっと下拵えの手を止める。慌てて手を拭《ぬぐ》うと、勝手口から表へ回った。

土筆《つくし》売りは大抵、小さな子供の仕事と相場が決まっていた。見れば俎橋の袂、年の頃、六つ七つの男の子が、幼いながら懸命に声を張っている。売り切るまで帰るな、と言われているのか、手にした笊を覗いては、泣きだしそうになるのを堪えていた。

声をかけようとする澪の前を、ひとりの少女が横切って行く。

「あとどれくらい残ってるの？」

小さい土筆売りにそう話しかけて笊を覗いたのは、ふきだった。まだ随分と残っているのだろう、男の子は優しく言われたのもあって、洟《はな》を啜《すす》り出す。ふきは袂から浅草紙を取り出すと、泣かない泣かない、とその子の洟を拭ってやった。

「じゃあ五つ、お姉ちゃんに頂戴《ちょうだい》」

帯に挟んだ巾着《きんちゃく》から銭を取り出すと、土筆売りに握らせた。

「笊を持ってないの。ここに入れて頂戴な」

ふきは明るく言って、前掛けを広げる。男の子はそこへ土筆を一杯、二杯、と声に出して数えながら入れた。先ほどとは打って変わって元気一杯になっている。

戯作者からもらった駄賃をあんなことに使って、と澪は頬を緩めた。

「あ」

振り返ったふきが澪を見つけて、叱《しか》られると思ったのだろう、見る間に青くなった。

「助かったわ、ふきちゃん。丁度、土筆を買おうと思って飛び出して来たのよ」

さり気なく言って、お代の五文をふきの袂に入れてやり、広げた前掛けの下に笊を置いて土筆を受け止めた。

土筆の袴《はかま》を外すのは、結構骨が折れる。調理場の土間にしゃがみ込んで作業を始めた澪を見て、ふきも黙って土筆に手を伸ばし、袴を外す。指の先を灰汁《あく》で真っ黒に汚しながら夢中で作業を続けるふきの横顔を覗き見て、澪はそっと微笑《ほほえ》んだ。

袴を外した土筆は、下茹《したゆ》でをして灰汁を抜き、水に晒《さら》してから吸い地《すじ》でさっと煮る。

「土筆はね、こうして下拵えをしておくと、何にでも使えるのよ。煮物のあしらいにも良いし、茶碗蒸しやお吸い物に入れても良いわ」

傍《かたわ》らでじっと見つめているふきに、澪は丁寧に教えた。教えながら、土筆の旬はとびきり短いため、店の看板料理とするには無理がある、ということに気付いて、両の眉を思いきり下げた。

若布に嫁菜《よめな》、木の芽にうぐいす菜、芹《せり》に独活《うど》にたんぽぽ等々。春の食材で色々な料理を考えてはみたものの、「これ」というのが見つからない。思い詰めた澪は、まだ朝霞《あさがすみ》の残る化け物稲荷《いなり》にひとり、足を運んだ。

「まあ」

神狐《しんこ》の足元に供えられた油揚げに目をやって、澪はにっこりと笑顔になる。油揚げの贈り主は、御台所町の頃につる家の常連だった小松原《こまつばら》に違いなかった。まだ元飯田《もといいだ》町《まち》の新しい店には顔を見せてくれない。だが、息災でいてくれさえすれば、澪は幸せだった。

幸せ？　と自問して、僅《わず》かに頬を染める。神狐は、と見ると、相変わらず、ふふっと笑っていた。

神狐の下に生えている草の中に混じるものに気付いて、澪は、あら、と声を上げ、腰を屈めた。どこから種が飛んで来たのか、野生の三つ葉がぐんと茎を伸ばしていた。根の際《きわ》からぷちんと折り取って、そっと匂いを嗅ぐ。独特の爽やかな香りがした。

「良い匂い」

つる家でも茶碗蒸しに用いているが、三つ葉はこれからますます美味しくなる。香りが良く、灰汁《あく》が少なく、歯触りが良い。良いこと尽くめの食材だった。そのくせ決して出しゃばらない、控えめな存在でもある。

三つ葉を使って、つる家の春の看板料理になるものを考えられないだろうか。

祠《ほこら》に手を合わせてお参りを済ませると、三つ葉を手にしたまま先を急ぐ。昌平橋を過ぎ、武家屋敷の真っ白な漆喰塀《しっくいべい》に沿ってひたすら歩き、裏神保小路《うらじんぼうこうじ》に差しかかった時だ。

「源斉《げんさい》殿、待たれよ」

「お待ちくだされ、源斉先生」

脇道からそんな声が聞こえて、澪ははっと足を止めた。

げんさいとは、自分もよく知る神田旅籠《はたご》町の医師、源斉先生のことだろうか。

澪は、白壁に張り付くようにして、脇道の様子をそっと窺《うかが》った。半裃《はんがみしも》姿の侍四、五人に取り囲まれているのは、まさに永田《ながた》源斉、その人であった。もしや源斉先生の窮地では、と澪は咄嗟《とっさ》に周囲を見回した。掃除の途中か、辻番《つじばん》の外壁に立て掛けられた庭箒が目に留まる。駆け寄って、震える手で柄《え》を握り締め、脇道へと身を躍らせる。

だが、事態は澪の思い描いたこととは違っていた。

「この通りでござる、源斉殿」

最年長と思われる白髪の男が、いきなり地面に膝を折って両手をついた。残りの侍が一斉にこれに倣《なら》う。

「当家の駕籠《かご》にてお送りするように、と主《あるじ》よりきつく申し付かっておりますのじゃ。

徒歩《かち》でお返しするわけには参らぬ」

せっかくですが、と源斉がよく通る声で応《こた》えた。

「医師の立場からすれば、駕籠は病人を乗せるためのものです」

平伏《へいふく》していた若い侍が、当方の身にもなってくだされ、と面《おもて》を上げた。

「御典医《ごてんい》、永田陶斉《とうさい》殿のご子息に失礼があったとなれば」

「そのことはもう、どうぞご放念ください」

源斉は相手の言葉を遮《さえぎ》り、けれど穏やかな声で続ける。

「父は父、私は私。永田源斉は権力とは無縁の、一介の町医者なのですから」

では、と言い置いて踵《きびす》を返す若い医師に追い縋《すが》る者は、最早《もはや》なかった。

「澪さん」

源斉は、そこに棒立ちになっている澪を見つけて、ぎょっと眼を剝いた。

「こんなところで掃除を？」

気がつけば、侍たちも一斉に庭箒を注視している。澪は恥ずかしさのあまり、脇道から裏神保小路へばたばたと逃げた。辻番の前で箒を放《ほう》り出そうとしたのだが、極度の緊張で十本の指が棒に食い込んだまま離れない。

「澪さん、どうかしたのですか？」

後を追って来たのだろう、源斉が澪の手もとを覗き込んだ。

「箒が離れなくて、それで」

怪訝《けげん》な顔で、澪のその手と自分が歩いて来た方角とを交互に見るうち、源斉の表情にほのぼのと笑みが浮かんだ。

「頼もしい援軍ですね」

彼は棒に食い込んだ澪の指を一本、一本、優しく引き離す。手が自由になると澪は、緊張が解《と》けてほっと溜息をついた。

「源斉先生、私、先生がそんなに偉いかただとはちっとも知らずに、これまで甘えてばかりで……。この通りです、勘忍してください」

澪は、源斉に向かって深々と頭を下げた。

「澪さんまで、止《や》めてください」

珍しく尖《とが》った口調で言ってすぐに、済みません、と源斉は頭を軽く振ってみせた。

「私は父を尊敬していますし、その職務の重責も存分に理解しているつもりです。けれど、私は私。どうぞ、これまでと変わりなく接して頂ければありがたいです」

一礼してみせて、源斉は、澪の足元に落ちて無残に踏まれている三つ葉に気付いた。

「これは……」

「ああ、何てこと」

澪は、両の眉を下げながら源斉からそれを受け取った。袂から手拭いを引き出すと、ひしゃげた三つ葉を間に挟んで手に持つ。娘のそんな仕草を見守りながら、源斉がふと、こう漏らした。

「三つ葉の料理を考えておられるなら、とても良いことです」

「良いこと?」

ええ、と若い医師は頷いてみせる。

「三つ葉は血の巡りを良くし、食欲を促します。また、日と肌にとても良いのですよ」

まあ、と澪が目を見張る。

「目にも良いのですか?」

「ええ、とても。子供の頃、読書が過ぎて目を痛めた時など、母が連日、三つ葉を料理してくれました。身体にとても良いのに、あまりたくさん食べる機会がないのは残念です」

源斉のその言葉に、澪の脳裏に閃《ひらめ》くものがあった。失礼します、とぴょこんと頭を下げると、澪は、自分を呼ぶ源斉の声に振り向くこともせずに、勢いよく駆けた。

つる家の調理場。

駆け込んで来るなり、ありったけの三つ葉を勢いよく洗い始めた澪の手もとを、ふきが目を丸くして見つめている。

「お澪坊、言われた通り三つ葉を分けてもらって来たが、こんなもんでどうだい？」

笊一杯の三つ葉を抱えて、中坂の八百屋《やおや》から種市が戻って来た。調理場の中が三つ葉の香りでむせ返りそうになった。

「なあ、お澪坊。これから一体、何が始まるってんだよぅ」

「三つ葉尽くしです」

澪は手を休めずに答えて、三つ葉を洗い、笊に上げて水を切る。

三つ葉尽くし？　と老人と少女が首を傾げた。ええ、と澪は頷いてみせる。

「春を満喫できる献立として、一汁二菜……いえ、一汁三菜の、三つ葉尽くしのお膳《ぜん》を出そうかと思うんです」

ああ、なるほど、と種市が声を上げて、ぽんと両手を打った。

「普段は薬味としてしか使わねぇ三つ葉を、腹一杯食べてもらおう、てぇ算段だな」

当たりです、と澪は純白の歯を見せた。

「三つ葉のお浸《ひた》し、白和《しらあ》え、三つ葉ご飯というのはどうでしょうか。あとは……」

視線を空に泳がせて、澪は一心に考える。香り高い三つ葉と淡泊な魚を合わせたらどうだろうか。今が旬の魚と言えば……。

「そうだ、白魚《しらうお》！白魚と三つ葉をかき揚げにするのはどうでしょうか」

澪が言い終わるや否《いな》や、種市が喉《のど》をごくりと鳴らした。

「そいつぁ堪らねえ、堪らねぇぜ、お澪坊」

すぐに棒手振《ぼてふ》りを捕まえて連れて来てくんな、と種市に命じられて、ふきは慌てて勝手口から外に飛び出して行った。

三つ葉は一寸半（約四・五センチ）ほどの長さに揃えて切り、水気を取った白魚とともに、先に薄く粉をはたいてから、小皿にまとめて衣をつける。それをへらの上で成形しながら、胡麻油でからりと揚げた。

「こいつは滅法《めっぽう》」

さくりとかぶりついた途端、種市が目を白黒させた。芳は手で口を押さえたまま大きく頷き、おりょうはおりょうで、太一にも食べさせたいねえ、としんみり洩らした。

周囲に倣って塩をつけ、大きな前歯で齧《かじ》りついたふきは、ひっくり返りそうなほど、驚いている。

「澪姉さん、あたし、こんなに美味しいもの、生まれて初めてです」

「お澪坊、こいつはすぐ出そう。もう、今日のうちに出しちまおう」

種市の言葉に、澪は首を横に振ってみせた。

「お浸し、白和え、かて飯（まぜご飯）も、ちゃんと作ってみないと。それにかき揚げも、もう少し色々試して、もっともっと美味しくしたいです」

「澪ちゃん、あたしゃこれで充分だと思うよ。ほら、ふきちゃんをご覧な」

おりょうがふきを示して笑っている。

ふきは恍惚《こうこつ》とした表情で口一杯にかき揚げを頬張っている。その姿に微笑みながら、しかし、澪は譲らなかった。

「一汁の中身をまだ決めかねているんです。三つ葉だけではやはり弱いですし。お客さんにお出しする以上は、何度も試してみて内容を詰めたものでないと」

澪の言い分を聞いて、芳が頷いた。

「確かにそうや。作り慣れた料理ならいざ知らず、今決めて今日から出す、いうのは少し乱暴やぁ思いますで。旦那さん、もう少し澪に時をやっておくれやす」

天満一兆庵という名料理屋のご寮さんだった芳に頼まれて、種市は、ううむ、と呻く。已《や》む無く種市が折れて、澪の「三つ葉尽くし」は充分に吟味を重ねた上で提供することとなった。

「皆さんに味を見て頂いて、差《さ》し支《つか》えなければ明日から店で出したいと思います」

澪はそう言って、器の並んだ膳を皆の間に置いた。

三つ葉尽くしの吸い物は、旬の蛤《はまぐり》を具とし、椀に装《よそ》ってから、束《たば》ねて緩く輪に結んだ三つ葉をあしらう。三つ葉のお浸しには薄く削った鰹節《かつおぶし》をぱらり。白胡麻を加えた三つ葉の白和え、それに三つ葉ご飯。白魚と三つ葉のかき揚げは注文を受けてから揚げて、熱々を食べてもらう。これらが苦心して作り上げた、つる家の春の看板料理となりうる献立だった。

「こいつぁまた、色が良いねえ。豆腐の白に三つ葉の緑が何とも旨そうじゃねぇか」

種市が白和えの器を目の高さに持ち上げて、唸った。

「江戸っ子てぇのは、つくづく勝手なもんだ。冬場はよく煮しめた色の濃いものが旨そうに思えるのによぅ、春になった途端、こう、色の優しい鮮やかなものが旨そうに思えてならねぇんだから」

そんなものかしら、と澪はほっと胸を撫で下ろす。

「大したもんだよ、澪ちゃんは。こんなにたっぷりの三つ葉を、それもこんなに美味しく食べられる料理を思いつくなんてさ。ねぇ、ご寮さん」

おりょうが感動した面持ちで、芳に同意を求める。先ほどから思案顔だった芳は、その声にはっと我に返った。澪はさり気なく、

「ふきちゃんがよく手伝ってくれたんですよ」

と、おりょうに笑顔を向けた。

そうだろ、そうだろ、と相好《そうごう》を崩した種市だが、ふきの居ないことに気付いて、入口に通じる土間を覗いた。

「ふき坊のやつ、何処《どこ》へ行っちまったんだ？」

「おや、つい今まで、私の後ろに居ましたよ」

厠《かわや》かねえ、と、おりょうが背後を振り返って首を傾げてみせた。

ふきを気にしながらも、各々《おのおの》、開店前の準備に追われる。澪は、干しておいた笊を取り入れるために、勝手口から表へ回った。気持ちよく乾いた笊を手に、何気なく俎橋に目を転じると、ふきがそこに佇《たたず》んでいるのを見つけた。両の肩を落とし、しょんぼりと背中を丸めた様子は、少女が泣いていることを思わせた。駆け寄って声をかけてやりたい、と思いながら、澪はそうしなかった。

幼い日、天神橋の袂で川向こうの四《よ》ツ橋《ばし》を思いながら、よくああして泣いていた。

誰にも邪魔されずに泣くことも大切だ、ということを澪は知っていた。

やがて赤い目を隠すようにして戻って来たふきは、澪が暖簾を手にしているのを見て、うろたえたように幾度も頭を下げた。

「澪姉さん、済みません」

「黙って抜けると皆が心配するから、次からは気をつけて」

澪は言って、暖簾をふきに渡す。踏み台に載り、手を伸ばして暖簾を掲《かか》げる姿を見守りながら、その小さな身体に、もう少し可愛らしい着物を着せてやりたい、と澪は思うのだった。


翌日から、つる家は三つ葉尽くしを商い始めた。吟味した膳は、常連客にも新しい客にも評判が良く、注文が続く。種市は腰の悪いのも忘れて、自身も膳を運んで座敷と調理場を幾度となく往復する。昼餉時を過ぎ、ようやく一息つけるようになった頃、その種市が弱った顔で澪を呼んだ。

「例の客が、またお澪坊を呼べ、と言ってやがるんだ。あの履物の客だよぅ」

ああ、あの恐妻家、と声に出さずに澪は頷いた。

「また妙な難癖《なんくせ》をつけるつもりじゃないのかねえ。澪ちゃん、ご寮さんに行ってもらったらどうだい。あたしが呼んでくるからさ」

そう言って今にも調理場を飛び出して行きそうなおりょうを、澪は制した。あとを種市とおりょうに任せて、お客のもとへ急ぐ。

百合根の外し時を教えてくれたのも、また、履物の扱いの大切さを教えてくれたのも、あの男だった。もしも天満一兆庵の主だった嘉兵衛が存命ならば、「そうしたお客こそ大切に」と言うに違いなかった。

「一体どういうつもりなのだ、この店は」

いつもの一番奥の席。清右衛門は三つ葉と白魚のかき揚げを箸で挟んで持ち上げながら、激怒している。

膳のものはいずれも吟味し尽くして、落ち度のない自信はあった。澪は顔を上げて真《ま》っ直《す》ぐに戯作者を見た。その曇りのない眼差《まなざ》しに、男はおや、という顔を見せる。

これはどういうことか、と独り言を呟くと、清右衛門は箸を置き、考え込むように腕を組んだ。

「わしは、これとそっくり同じものを、つい昨日、登龍楼で食ったのだ」

えっ、と澪は驚いて腰を浮かせた。

「神田須田町の登龍楼で、全く同じものを？」

「うむ、しかも今度は『三つ葉尽くし』という料理名までが同じなのだ」

澪の顔からみるみるうちに血の気が引いた。膝の上で握り締めた拳《こぶし》がぶるぶると震え出す。

はて、どうも様子が変だ、と清右衛門は首を捻る。

「双方とも、旬を大事にする料理屋。食材や料理が重なることはあるだろう。雪ノ下の件は、不幸な偶然と言えなくもなかった。しかし、こうも重なる偶然というのはありえない。だからこそ、わしはお前が登龍楼の料理を盗んだのかと思ったのだが」

どうやらわしの見込み違いのようだ、と清右衛門は腕を解《ほど》いた。

重なる偶然。それは最早、偶然ではない。澪は、一心に考える。

登龍楼がつる家に先んじて、同じ献立を客に供するためには、試作の段階の澪の料理を正しく把握《はあく》していなければ無理だ。

澪の使う食材、調理法を正確に伝え、逸早《いちはや》くそれらの情報を登龍楼に流すことの出来る者。それが出来るのは、つる家の中ではひとりきり。唯《ただ》ひとりきりなのだ。

「ありがとうございました」

お客を送り出すふきの声が、ここまで届いていた。

「わしはひとに頭を下げるのが嫌いなので、先ほど怒鳴りつけたことに関しては謝らんぞ」

見送りを口実に表へ出た澪に、戯作者は威張《いば》った口調で言う。澪は、ふきがこちらを気にして見ているのを知りながら、中坂へ向かう清右衛門に合わせて俎橋の手前で北へ折れた。気を張っていないと、身体が勝手に震え出しそうだった。

これまで辛い経験は多々あったものの、己《おのれ》が信じた存在に手ひどく裏切られた経験、というものを持たなかった。だからこそ、澪の受けた衝撃は激しかった。落ち着け、落ち着け、と自身に言い聞かせる。

「どうやら店に隠密《おんみつ》が居るようだな。これは中々、面白い展開になってきた」

清右衛門は、足を止めて澪を見ると、にやにやとほくそ笑んだ。

「こいつは先が楽しみだ。何ならわしが戯作に仕立ててやっても良い」

それが戯作者の性《さが》なのか、舌舐《したな》めずりしながら、こちらの災難を待っている節《ふし》があった。

不思議なことに、つい今しがたまで谷底に突き落とされたような気分だったはずが、ふっと救われるような思いがしていた。人には裏と表とがあるのが常なのに、この男にはそれが無いからだろうか。

戯作者に題材を提供することにならぬよう、しっかりと目を見開いて事にあたらなければ。澪はそう思い、真《ま》っ直《す》ぐに背筋を伸ばした。

「気に入ったぞ。また来てやるからな」

清右衛門は言い、上機嫌でくるりと向きを変えた。

澪は、そんな恐妻家の背中にこう言って頭を下げた。

「是非、奥さまもご一緒にどうぞ」

戯作者との遣り取りが、澪に平常心を取り戻させた。ふきに対する疑念を胸の奥に押し隠し、夕餉の書き入れ時も無事に乗り切った。

ふきと種市に見送られて店をあとにすると、芳と肩を並べて夜道を歩く。頭上には朧《おぼろ》に月の舟が浮かんでいた。

「……ほうか。そないなことが」

澪から一通りの話を聞き終えて、芳は、小さく吐息をついた。

「去年のことや。私が神田須田町の登龍楼へ行った時、下足番が客の履物を、紐で結んで下足棚の脇へ吊《つ》るしているのを見たのや」

澪ははっと足を止めて芳を見た。

あの時。そう、ふきが古くなった布巾を裂いて紐を作っていた時。芳が妙な顔をしていたのは、そうしたわけだったのか。

芳は、澪に頷いてみせる。

「下足番がお客はんの履物を間違えのないように預かる方法は店によって色々や。けど、少なくとも料理屋でそういう遣り方をする店を見たんは、登龍楼が初めてやった。それに、雪ノ下にせよ、三つ葉尽くしにせよ、あまりにも真似される間合いが近過ぎたしなあ」

言い終えると、芳は澪の手から提灯《ちょうちん》を取って、先に歩き始めた。

ご寮さんは早いうちから、ふきちゃんのことをおかしい、と気ぃついてはったんや。

澪は両の眉を下げたまま、芳を追う。

「けど、今は何の事情もわからへん。いきって騒ぎ立てるのは良うない。その場ぁでふきちゃんを問い詰めることをせなんだんは、賢明やったと思うで」

追いついた澪に、芳は温かく言った。ご寮さん、と澪は思い余った声を上げる。

「旦那さんがこのことを知ったら。あんなにふきちゃんのことを可愛がってる旦那さんが知ったら……」

種市の落胆をみるのが、澪は辛かった。年老い、辛いことの重なった種市に、これ以上、苦い思いをさせたくはなかった。

あほやなあ、と芳がふんわり笑う。

「あんまり大人を見くびるんやないで。そない小さなことにいちいち傷ついてたら、生きていけますかいな」

芳の言葉に、ほんの少し心が軽くなる。芳の手から提灯を取り戻すと、澪は、芳の足もとを照らした。昌平橋を渡り、源斉の住む神田旅籠町を抜けると、ふたりの住まいはじきだ。

――口入れ屋の方から珍しく売り込みがあったんだよぅ
ふいに種市の言葉が耳に蘇《よみがえ》る。

澪は、そうだ、と顔を上げた。ふきをつる家に紹介した口入れ屋に話を聞くべきだ、ということに漸《ようや》く思い至ったのだった。


その口入れ屋は八ツ小路そばにある。

昨年暮れ、澪自身も足を運んだ店で、店主とも面識があった。構えはこぢんまりとしているが、雇う側、雇われる側を主自《みずか》ら吟味するので、間違いのない口入れ屋として信頼を集めている。朝早く訪ねた澪に、荘年の店主孝介《こうすけ》は嫌な顔ひとつ見せず、お茶を勧めてくれた。

「あの娘の身元でしたら、そりゃあ確かでございますよ。亡くなった父親というのも、私はよく存じておりました。茂蔵《しげぞう》という名の、気の良い煮売り屋でしたねえ」

澪は、湯飲みを取り落としそうになる。

「料理人だったんですか」

ええ、と孝介は頷いてみせた。

「二十年ほど前ですかねえ。そこの八ッ小路に安くて旨いものを食わせる見世がありましてね。煮売り屋だったんですが、三十がらみの主人を、二十歳前の茂蔵が手伝ってました。私もよく食べに行っていたんですよ」

振り出しはその屋台見世。だが、主の才覚で、神田鍋町に暖簾を出して繁盛させ、ついには日本橋に店を構えるまでになった。

「鍋町の頃に女房をもらい、可愛い娘に恵まれましてねえ。これがふきです。これからって時に、気の良いのが災いして茂蔵のやつはひとに騙《だま》されて、莫大《ばくだい》な借金を背負っちまったんですよ。幸い、店が肩代わりしてくれたんですが、それを返そうと無理を重ねて、早死にしてしまったんです。可哀そうに、下の子はまだ乳飲み子でした」

「下の子?」

ふた親を亡くして、自分と同じ天涯孤独とばかり思い込んでいた。戸惑う澪に、孝介は頷いて、あの娘には六つ下の弟がおります、と繋いだ。

茂蔵に先立たれた心労から、一年と経たぬ間に、女房までが他界。残された幼子《おさなご》ふたりは、その日本橋の店へ引き取られた。茂蔵の残した借金を返し終わるまで奉公を強《し》いられることになったのだ、と孝介は語った。

「あんな子ですからね、自分じゃ何も言いません。けど、日本橋へ用足しに行った時など、気になって覗いてみると、まだ幼い弟の健《けん》坊を背中に括《くく》りつけて、寒い冬でも単衣《ひとえ》に裸足《はだし》。引っぱたかれるのか、始終、頬を真っ赤に腫《は》らしてました。茂蔵と顔見知りだっただけに、私はあの子が不憫《ふびん》で不憫で」

聞きながら、その情景が脳裏に浮かぶ。幼い子供がふた親を失う、というのはおそらく、そういうことなのだ。澪は、双眸《そうぼう》が潤《うる》むのを悟られまいとして、そっと視線を店主から外す。今は情に飲まれている場合ではなかった。日本橋に在って、前身が煮売り屋だった料理屋……。

「……登龍楼」

澪が、低い声で呟くと、孝介ははっと顔色を変えた。

やはりそうか。

「つる家の旦那さんに、そのことを伏せて?」

怒りを押し殺した澪の問いかけに、口入屋の店主はしおしおと板敷に手をついて、頭を下げた。

「登龍楼の板長から、弟の方が奉公出来る年齢になったので、ふきを外へ出したい、と相談を受けたんですよ。その中で、元飯田町のつる家なら、料理人は女だし、住み込みで雇ってもらえれば、という話になって」

番付を競う料理屋からすれば、登龍楼は嫌われ者。だから先方には登龍楼の名は伏せておいて欲しい、と頼まれたのだという。

よくもまあ、ぬけぬけと。

澪は唇を噛んで、腹わたが煮えくりかえるような感情に耐えた。

重かった足取りが、俎橋の手前まで来たところでぴたりと止まってしまった。川向こうにつる家が見えているのに、どうしても足が前に出ないのだ。澪は諦《あきら》めて、傍らの土手に下りた。柔らかな雑草を敷物がわりに、そっと腰を下ろす。

霞立つ俎橋を様々なひとが行き交《か》っている。場所柄、侍も多い。世《よ》継《つぎ》稲荷へお礼参りの帰りか、赤子を抱いた妻が夫の後について橋を渡って来る。若い母親が胸に抱いた我が子を見つめる、その眼差しの優しいこと、温かいこと。

澪は、ふっと涙ぐんでいた。

親の情だけを生きる縁《よすが》とする幼子が、その親と死に別れるというのは、何と酷《むご》いことか。拠《よ》り所のないままに世間という荒波に放り出された幼子は、どうやって生きていけば良いのか。

――泣かない、泣かない
俎橋の袂、そう言って、土筆《つくし》売りの洟を拭いてやったふきの姿が蘇る。

幼い弟を背中に括りつけて、酷い仕打ちに耐えて奉公を続けたふきを思うと、涙が滲んだ。ふと、ひとの気配を感じて顔を上げると、芳が身を屈め、心配そうに澪を覗いていた。その瞳《ひとみ》が、澪、大丈夫か、と問いかけている。

「ご寮《りょん》さん」

芳を呼んだきり、双眸の涙を零《こぼ》すまいと澪は口を引き結ぶ。芳は黙ったまま、澪の背中にそっと手を回すと、優しく幾度も撫でた。突き上げるような哀《かな》しみが、胸の痛みが、芳の手に吸い取られていくような心地よさがあった。澪は徐々に落ち着きを取り戻し、そっと身を引くと、手の甲で涙を払った。

「ご寮さん、おおきに」

澪は上方訛《かみがたなま》りで言って、芳の手を取った。もとは細くてすべらかだった手。今は節くれ立ち、荒れたその手が、しかし澪には一層、大切に思えてならない。幼い日から今日まで幾度、この手で背中を撫でてもらったことだろう。

目を閉じていると、太一の姿が浮かぶ。澪と同じように、おりょうに優しく背中を撫でてもらっているその姿が。澪は、はっと瞳を見開いた。

親でなくとも構わないのだ。血の繋がりが無くとも良い。幼子を見守り、愛情をかけてくれる存在があれば、きっと生きていける。

澪は立ち上がり、芳に手を差し出した。芳がその手を取り、ゆっくりと身を起こす。二人して俎橋を渡る途中で、澪はふと歩みを止めた。そこは先日、ふきがひとりで泣いていた場所だった。

目の下に飯田川。この川の流れに乗って、一ッ橋、神田橋、常磐《ときわ》橋まで行けば、本町一丁目はすぐだ。そこに日本橋登龍楼がある。

登龍楼へ澪の料理の情報を流した帰り、あの子はどんな気持ちでここに佇《たたず》んでいたのか。澪は、きりきりと痛み出した胸を押さえて、ご寮さん、と芳に呼びかけた。

「ご寮さんに、お願いしたいことがあります」

澪が調理場へ入るや否や、種市とおりょうが血相を変えて転がり込んで来た。

「澪ちゃん、大変なんだよ。また登龍楼にやられちまったみたいなのさ」

「何をやられたんですか?」

澪は遅れた仕込みを取り戻すように、忙しく動き回りながら問うた。種市があとにつきながら、白髪《しらが》頭を掻きむしる。

「登龍楼でも三つ葉尽くしを出してやがった。おまけにこっちより一日早かったんだと。料理の中身も一緒、名前まで一緒だってんだから、こいつぁ絶対に変だ」

伊佐三《いさぞう》が仕事先で耳にして、急いで知らせに来てくれたのだという。伊佐三の女房のおりょうは、そんなおかしな話があるかい、と身を捩《よじ》っている。昨日、清右衛門から聞いたことは伏せていたから、ふたりの驚きは察するに余りあった。

変だ、おかしい、という言葉の奥に、種市とおりょうの怯《おび》えが透《す》けて見える。幼気《いたいけ》な存在に疑いを寄せることへの怯えが。

「別に変なんかじゃありませんよ」

手を止めないまま、澪は何でもない口調で言ってのける。

「今は三つ葉が一番美味しい季節なんです。料理人ならそれをたっぷり使うことは考えつきますよ。白和え、かき揚げ、三つ葉ご飯だって、私が考え出した料理というわけではないし。一品、一品は、どの料理人も以前から作っていたものですから」

へ、と種市が間の抜けた声を洩らした。

「けど、澪ちゃん」

おりょうが、種市を押し退けて澪に迫る。

「三つ葉尽くしは、あんたがひとりで考え出したもんじゃないか。こんなに偶然が重なるなんてのは、やっぱりおかしかないかい？」

「何もおかしいことあらしまへん」

野路《のじ》すみれを手に、土間伝いに芳が調理場へ顔を出した。

「鯛《たい》尽くしに、鱧《はも》尽くし、松茸《まったけ》尽くし――ひとつの食材を味わい尽くす料理は、上方《かみがた》では決して珍しないんだす。登龍楼は番付では大関位。それほどの料理屋なら上方の料理の知識があれば、辿《たど》り着けん話やない思いますで」

花を生けるための適当な青竹を探しながら、さりげなく続ける。

「それに今は、あとさきに拘《こだわ》るよりも、料理の内容や味に拘る方がよっぽど大事だす。売り出しがほぼ同時なら、これからの精進こそが肝心のはず」

「けど、ご寮さん、これから先、また澪ちゃんの考えたものが盗まれたら」

店の表を気にかけながら、おりょうが低い声で呟く。つる家の下足番が周辺を竹箒で掃く、しゃっしゃという小気味良い音が、ここまで届いていた。

芳は、おりょうと種市とを交互に見て、晴れやかな笑顔になる。

「同じ材料や手順で作ったかて、不思議なことに、全く同じ味にはならしませんのや。料理は料理人の器量次第。その器量は、盗むことも、真似することも出来るもんやおまへん」

ふたりは、芳のこの言葉に虚を衝《つ》かれて黙り込んだ。それぞれが思案顔で天井を睨《にら》んでいる。登龍楼に通じた誰か。その誰かを、澪も芳も咎め立てる意思がないのだ、ということを読み取ったのだろう、まずは、はあ、とおりょうが大きく息を吐いた。

「流石《さすが》だよ、ご寮さん、それに澪ちゃんも。ひととしての器があたしとてんで違う」

まったく敵《かな》わねぇよ、と種市が唸った。

「そういうことなら、俺も腹を括ろう」

つる家の店主は、曲がった腰を伸ばして、元気よく叫んだ。

「さ、気を取り直して、仕度だ仕度だ。どっちの三つ葉尽くしが本物か、お客に決めてもらおうじゃねぇか」

昼餉時を過ぎ、客足が落ち着いたのか、注文が途絶えた。おりょうが調理場へ戻って、水瓶から柄杓《ひしゃく》で水を汲《く》むと、旨そうにごくごくと音を立てて飲んだ。

「おや、澪ちゃん、どうしたんだい？」

口もとを拭きながら、怪訝そうに問う。だが、澪の返事はない。

先ほどから、澪の視線は天ぷら鍋の中の油に注がれていた。油は、胡麻油だ。江戸で天ぷらを商う屋台見世は、大半が胡麻油を使用している。炒《い》った胡麻から搾《しぼ》り取った油には、独特の濃い香りとこくがあり、揚げた時に美味しそうな色めもつく。江戸っ子好みの濃い狐色に仕上がるのだ。

けれど、と澪は下拵えの済んでいる三つ葉と白魚に視線を転じた。白魚の白と、三つ葉の薄緑。色めの濃いのを好む江戸っ子も、春には色の優しい、鮮やかなものが旨そうに思える——種市も確かにそう言っていた。

もしも、衣がもっと薄色に揚がったとしたらどうだろう。三つ葉の薄緑と、白魚の白い色が衣越しに透けてみえるような。ふいに嘉兵衛の声が蘇った。

——菜種《なたね》油は淡白な味わいで、素材の味や香りを殺さへん。それに、相手の色を綺麗に引き出す。ええか、澪、よう覚えておくのやで
大坂では、野菜や魚を揚げる時には、菜種油を用いることが多かった。菜種油は、胡麻油と違い、そのまま食することは出来ないが、加熱して揚げ油として用いる時、

嘉兵衛の言うように素材の色を引き出すという不思議な力を発揮する。衣につく色めも、上方の好む薄色だ。三つ葉と白魚のかき揚げならば、白と薄緑が映《は》えて、見た目も美しい仕上がりになるだろう。

けれど、と澪は唇をへの字に結ぶ。胡麻油の天ぷらに慣れた江戸っ子の舌には、もしかしたら、合わない可能性もある。

ならば、菜種油にほんの少し胡麻油を混ぜて使えばどうだろうか——そう思いつくと、居ても立ってもいられなくなり、澪は、開け放った勝手口から勢いよく外へ飛び出した。

「ちょ、ちょっと澪ちゃん、一体どうしちまったのさ」

後ろでおりょうの声が聞こえたが、澪は振り向かない。町内の中坂に向かって、直《ひた》走《はし》りに走る。そこに油商があるはずだった。

「澪姉さん、この間から何を試しているんですか?」

混ぜる割合を変えては揚げる、を繰り返す澪に、ふきが好奇心を抑えきれないのか、手もとを覗き込む。ほんの一瞬、躊躇《ためら》ったものの、澪は優しく答えた。

「油によって、揚げ上がりが違うの。だから、色々な油を混ぜてみて、一番美味しく揚がる組み合わせを考えているのよ。どれが一番かわかったら、教えてあげる」

ふきは何か言いたそうな表情で、澪をじっと見上げていたが、ぐっと唇を噛んで俯《うつむ》いた。

そこへ芳が顔を出した。臙脂《えんじ》色の布を手にしている。

「ふきちゃん、ちょっとええか」

そう声をかけて、ふきの後ろへ回り、腰を下ろすと少女の前掛けを外した。何度も水を潜《くぐ》り色褪《いろあ》せて薄くなった藍色の前掛けを、自分の膝に載せ、代わりに臙脂色の布をぱっと広げると、少女の腰に巻く。

「まあ」

澪は、満面の笑顔になった。

犬張子《いぬはりこ》の柄《がら》を散らせた可愛らしい前掛けだったのだ。ふきはきょとんとした顔で、新しい前掛けと芳とを交互に見ている。

「端切れ屋で布みつけて、あんまり可愛いさかい、紐をつけて前掛けにしたんや。良かった、よう似合《におう》てる」

少し離れてふきを眺め、芳は満足そうに頷いた。

「あたし、もらえません」

ふきは言いながら、犬張子の柄に目を奪われたまま、のろのろと後ろ手で紐を解こうとする。その手を芳が優しく押さえた。

「いっつも綺麗に座敷の掃除をしてくれる、その御礼や。断わるもんと違うで」

芳は、ふきの肩あげを軽く摘まんで、

「前から気になってたんやけど、左と右のあげ幅が違《ちご》うてるんや。今日、店が終わったら、なおしたげるさかいにな」

と温かな声で言った。

下拵えを終えて、澪が勝手口から表へ回ると、暖簾の前で、ふきが前掛けを広げて見入っているのが目に入った。女の子らしいものを身につけるのは、奉公して初めてなのだろう。

——どの子も皆、幸せになってほしいもんだよ
そう言っていたおりょうの声を思い出して、澪はきゅっと唇を引き結んだ。

「今のところ、三つ葉尽くしの勝負は五分五分だ。登龍楼は良く整えられた空間で食わせ、この店は料理人の気概で食わせる」

座敷の一番奥で澪を呼びつけた男は、横柄《おうへい》に言った。膳の上には綺麗に空《から》になった

器が並んでいる。澪の頬が僅かに緩んだ。

「猿真似に怪我《けが》に脅《おど》しに付け火、か。散々な目に遭《お》うておるな」

はっと顔を上げた澪に、清右衛門はにたりと笑ってみせる。

「面白ければ戯作に仕立ててやれ、と思うてのう。調べて回った。しかしな、わしの知る采女《うねめ》宗馬《そうま》というのは、生半可《なまはんか》な悪《わる》ではない、もっと大物よ。そんな姑息《こそく》な手段は取らぬわ」

澪は、相手がお客であることも忘れ、畳に手をついて身を乗り出した。

「では、登龍楼ではない、と？　けれど、ご寮《りょん》さん……いえ、うちの者が登龍楼で怪我を負わされたのは間違いのないことです」

「頭の悪い女だ」

清右衛門はふん、と鼻を鳴らす。

「采女の機嫌を取るために、下の者が仕出かしたことだろう、とわしは言っておるのだ。煮売り屋から始めて名字帯刀《みょうじたいとう》を許されるまでにのし上がった男が、そんな下手な真似はしまい。やつの興味は権力と金。お前のことなど目の端《はし》にも映っていまいよ」

他に客の居ない座敷に、男の声はよく通った。間仕切り越しに、種市が心配そうにこちらを窺っている。おそらく下足棚の前では、ふきが真っ青になって立ち尽くしていることだろう。お言葉ですが、と澪は膝に手を置いて、居住まいを正した。

「奉公人は主人に倣うもの。弱い者は捻《ね》じ伏せ、どんな手を使ってでも勝つ、というさもしい心根は主人から引き継いだものでしょう。だとしたら、下の者が仕出かしたことの責任は、やはり主人にあると思います」

天満一兆庵の女将、芳の受け売りである。

だが、それを知らぬ戯作者は、驚いて目を剝いた。

「小娘とばかり思っておったが、筋の通った老練な台詞《せりふ》を吐く。お前を主役に据えて戯作に仕立てるか」

「売れないと思います」

にこにこと笑って澪は、清右衛門を見送るために立ち上がった。

しろざけーぃ　しろざけー
九段坂を白酒売りが、良い声で売り歩いて行く。今年、その姿を見るのは初めてだった。雛市《ひないち》が立つのももうじきだわ、と澪は季節の移ろいに焦《あせ》りを感じて、小さく吐息をついた。

清右衛門がつる家を振り返って、おい、下足番がまだこっちを見てるぞ、と耳打ちする。

「隠密をそのままにしておくとは、命知らずの店だな」

「人聞きの悪い。隠密なんかじゃありません」

言い返しながら、澪は小松原を思い返す。好き勝手な物言いが出来る相手は小松原だけ、と思っていたのだが。

「ますます目が離せぬわい。もっと酷《ひど》い目に遭えば面白いのう」

舌舐めずりして言う戯作者へ、澪は、

「次から塩を用意してお見送りします」

と、意地でも明るい声で応えた。

調理場へ戻ると、澪は包丁を研《と》いだ。砥石《といし》で丁寧に刃を研いでいるところへ、種市が顔を出す。

「お澪坊、俺ぁ気付いたんだがなあ。今の客、物言いが何処《どこ》となく小松原さまに似ちゃあいまいか？」

「似てません！」

尖った声で澪は言い、包丁を研ぐ手を速めた。一瞬でも同じことを思った自分が許せなかった。

「今日は蕗《ふき》を使うのかい、澪ちゃん」

おりょうが、調理場にどっさり置かれた野菜に目を止めて、嬉しそうに声を上げた。

ええ、と澪は笑いながら頷く。

「三つ葉が旬を過ぎたあとの料理を考えようと思って。蕗ご飯、多めに炊きますから、太一ちゃんに持って帰ってくださいい。旦那さんには言っておきましたから」

「まぁ、何てありがたいんだろう」

蕗飯が大好物のおりょうは、うっとりと胸の前で指を組んでみせた。

「澪姉さん、笊を取り入れました」

小さな声で言って、ふきが乾いた笊を調理台に置く。青菜に塩をしたように元気がなかった。おりょうと澪は一瞬、視線を交える。

「蕗は下拵えに手がかかるから、ふきちゃんに手伝ってもらったらどうだい?」

おりょうはさり気なく言うと、ああ忙しい、忙しい、と調理場を後にした。

「ふきちゃん、お願い出来る?」

澪が言うと、ふきは目を伏せたまま、こくんと頷いた。

蕗の葉を落とし、いくつかに切ると、たっぷりの塩で丁寧に板摺《いたず》りする。鍋に湯を沸かし、さっと茹でたら水に放つ。

「こうすると灰汁《あく》が抜けて美味しくなるの。あ、葉はあとで使うから捨てないでね」

筋を取ってみせながら、澪はふきに優しく教える。

「蕗には無駄なところがひとつもないのよ。とても偉い野菜だわ」

初めてふきは、きょとんと澪を見た。

「偉い野菜？」

「そう、とても偉いの。葉も茎も美味しく食べられるし、こうして出た筋でお鍋を擦《こす》ると汚れが綺麗に落ちるから」

手にした筋に、ふきは目を落とす。

澪は油揚げを使おうとして、止《や》めた。蕗だけの旨さで味わうご飯も良い、と思いついたからだ。塩と酒を加え、食べやすい大きさに切った蕗を入れて飯を炊く。炊き上がる間に灰汁抜きした葉と雑魚《じゃこ》とで炒《いた》め煮を作った。

炊き上がった蕗ご飯を捌《さば》き、ひと口、頬張る。澪は満足そうに頷いて、茶碗に少し装うと、はい、味見、とふきに差し出した。

おずおずと蕗ご飯を口にした少女は、咀嚼した途端、大きく目を見張った。

「美味しい」

うふふ、と澪は嬉しそうに笑う。

「他の物を混ぜても良いんだけど、蕗だけでも、素晴らしく美味しいでしょう？　蕗はもともと力のある野菜だから」

力のある、とふきが小さく復唱した。

「そう。ふきちゃんみたいに強い野菜よ」

澪を見つめる目にじわじわと涙が溢れる。それを零すまい、とふきは口を歪《ゆが》めて堪えたが、持ちこたえられずに、ぽろりと水の粒が頬を転がり落ちた。

「澪姉さん、ごめんなさい」

ふきは言うと、顔を覆《おお》って、開け放たれたままの勝手口から外へ飛び出して行った。

「ちょ、ちょっと澪ちゃん、良いのかい？」

間仕切りの向こうで気配を察したのだろう、おりょうと種市が、調理場へ駆け込んで来た。

ふきの行先なら、あそこしかないのだ。

澪は襷を外しながら、半刻（一時間）ほど出かけます、とふたりに後を託した。

俎橋を渡り、川沿いの道を澪は直走る。裾《すそ》をはだけて逞《たくま》しく走る娘を、道行くひとが呆《あき》れ顔で注視していたが、気になどしていられない。本町一丁目の登龍楼が見えて来た。

前に一度、客として訪れたことがあったから、間取りなど大よその見当はつく。路地に入ると、勝手口と思《おぼ》しきものが見えた。荒い息を整えて、様子を探る。

「教えられない、とはどういうことだ」

怒声に続いて、ぱんぱん、と平手で打つような音が聞こえる。

「もう、こんな役は嫌です。他のことなら何でもしますから、ここに戻してください」

切れ切れに言って、泣きじゃくっているのは間違いなくふきだ。

考えるよりも先に身体が動いた。

「その子を放しなはれ！」

勝手口から中へ身を躍らせて、澪は叫ぶ。怒りのあまり、上方《かみがた》の言葉に戻っていることに、自分では気がつかない。

男が、ふきの胸倉《むなぐら》を摑《つか》んだまま、ぎょっとしたように澪を見て固まっている。年の頃、三十五、六。色白で女と言っても通りそうな端整な顔だち。人相や身体つきが、以前おりょうから聞いていた神田須田町の登龍楼の板長と重なった。神田須田町と日本橋、双方の板場をしきっているのだろう。

そうか、この男が芳を酷い目に遭わせたのか。ふきと男の間に割り込むように身を滑《すべ》り込ませ、男の顔をきつく睨んだ。相手が口を開く前に、澪は男を見据えたまま声を張った。

「采女宗馬、采女宗馬を呼びなはれ」

「な、何を」

男がうろたえて、澪の口を塞《ふさ》ぐ。澪は男を突き飛ばし、調理場を駆け抜けて客間へ続く廊下へ出ると、さらに声を張った。

「卑怯もん、顔を出しなはれ！」

開店準備をしていた仲居たちが何ごとか、とおろおろしている。板場衆が澪を追いかけて羽交《はが》い絞めにした。調理場へ引き摺られながらも、澪は叫ぶのを止めない。

「これは一体、何の騒ぎだね」

奥座敷の襖が開いて、ひとりの痩せた男が姿を現す。その痘痕面《あばたづら》に見覚えがあった。

「恥を知りなはれ、采女宗馬」

澪は、羽交い絞めされたまま捲《まく》し立てる。

「つる家の料理を真似るだけでは済まんと、まだ十三の子ぉに、隠密みたいな真似させて。そんなに知りたいんやったら、幼気《いたいけ》な子供を利用するような汚い手ぇ使わんかて、じかに私に教えを請《こ》いに来たらええんや」

「一体何のことです？　第一、お前さんは誰だね」

「もとは神田御台所町、今は元飯田町の、つる家。私はその料理人だす」

何、つる家？　と采女は低く呻き、鋭い視線を板場の者たちへ投げつける。その目が板長を捉えた。

「末松《すえまつ》、これは一体、どういうことだ」

主に詰問されて、それが男の名なのだろう、末松は黙って俯《うつむ》く。采女の斬りつける眼差しに、板場衆は澪を放した。

「澪姉さん」

ふきが転がるように澪に縋《すが》った。澪はふきを胸に掻き抱《いだ》き、采女を睨みつける。

ふきの姿と、澪の話とで、あらましの事情は察したのだろう。采女は板場衆らの胸を突いて道を開けさせ、末松の前に立った。そして黙ったまま、拳を振り上げた。

鈍い音がして、障子に鼻血がぱっと飛び散る。澪はふきの目を塞ぐように、一層胸に深く抱いた。

「二度と登龍楼の敷居を跨《また》ぐことは許さん」

思いのほか静かな声で末松に命じると、采女は膝を折って廊下に座った。こちらへ、と眼差しで命じられたように感じ、ふきを放して、澪もこれに倣う。

「誤解があるようなので、解くべきは解かせて頂きましょう」

宜しいかな、と采女は澪をじっと見た。

「お前さんの言う、登龍楼がそちらの料理を真似た、というのは言いがかりでしょう」

「言いがかり、て」

即座に反論しようとした澪を一瞥で制して、采女は続ける。

「茶碗蒸しに、酒粕汁。双方とも、お前さんが考え出したものではない。もとよりあった料理ですよ。それに、鰹と昆布を合わせて出汁《だし》を引くことなど、かなり昔からある手法だ。自分だけが考えついた、というのは思い上がりも甚だしい」

ぴしゃりと言われて、澪は唇を噛み締める。

牡蠣《かき》の時雨煮《しぐれに》の例もある。同じことを思いついた先人が居たとしても、何の不思議もなかった。

誇りを打ち砕かれた澪だが、負けずに采女をじっと見返す。

「つる家へ付け火したこと、幼い奉公人を使《つこ》て汚い真似したことについては、どない思わはるんだす？」

「付け火？」

「知らん、て言わはるんだすか。つる家はそれで昨年末、店を失うたんだす」

付け火については、登龍楼の関与を認める確かな証《あか》しは何もない。それを盾に頭から否定されるもの、と思い込んでいた澪は、采女が居住まいを正すのを見て、おや、と思った。

「どこまでがうちの店の者の仕業か、というのはあとで確かめねばなりませんが、末松がふきを使ってそちらの料理を盗んでいたのは、どうやら確かな様子」

登龍楼店主は、つる家の料理人に向かって両手をつくと深く一礼した。

「不知《ふち》とはいえ、奉公人の仕出かしたことは主人の責任。この通り、お詫びします」

意外な展開に、澪は腰を浮かせる。何処《どこ》までも卑劣な男、と思い込んでいたのだが、主としての器の大きさを見せつけられた気がして、怯《ひる》みそうになる。

だが、真正、器量の優れた店主であるならば、奉公人の性根に気付かぬ訳はないだろうし、末松のような人物を今の今まで傍《そば》に置いていた、というのも妙な話だ。

騙されてはいけない、と澪は自身に言い聞かせ、赦《ゆる》しません、と声に出した。

「付け火も脅しも赦せないけれど、登龍楼の幼い奉公人への仕打ちはあまりに酷《むご》い。酷すぎます」

酷いと言われても、と采女は苦笑してみせた。

「幼い奉公人の躾《しつけ》は、本来女将の仕事。私は妻帯していないので、これまで全て、末松に任せきりだったのですよ。以後は改めるようにしましょう」

「ふきちゃんと弟、幼い姉弟を二度と同じ目に遭わせないと誓ってください」

眉を吊り上げて返事を迫る澪に、采女は、深く頷いてみせた。

「一切承知。だが、末松からの指示とはいえ、ふきがそちらの料理を盗み、この店の暖簾に泥を塗ったのならば、最早、そのような者を登龍楼に置く訳にはいきませんよ」

それを聞いて、旦那さま、とふきが采女に取り縋る。

「お願いです。健坊と離さないでください。あたしをここに置いてください」

「会いに来るのは構わない。しかし、奉公は許されますまい。登龍楼の店主である私に、ここまで恥をかかせたのだからね」

采女はふきを払い除《の》けると、話はこれまでです、と膝を伸ばして立ち上がった。廊下を行きかけて、ふと思い出したように、ああ、そうだ、と澪を振り返った。

「小野寺《おのでら》さまとはどのような知り合いだね？」

小野寺さま、と澪は眉間《みけん》に皺《しわ》を寄せて考えた。小野寺などという知り合いはいない。

「存じません」

澪が言うと、采女はじっと澪の目を見て、薄く笑った。

「若い娘のくせに、なかなかの狸《たぬき》」

ぞっとするような冷徹な眼だった。そうして采女は、何事もなかったかのように、ゆっくりと奥座敷へ消えて行った。固唾《かたず》を飲んで成り行きを見守っていた奉公人たちも、それを機に澪たちの存在を黙殺して、それぞれの持ち場へと戻る。

――とけいのまのおのでら
ふいに小松原の声が耳に蘇って、澪は、ああ、と声を洩らす。だが、それが何を意味するのか、澪には全くわからなかった。

「姉ちゃん」

小さな、震える声がした。振り返ると、六つ七つの小さな男の子が襖の陰に隠れるように立っていた。面差《おもざ》しが、ふきと瓜《うり》ふたつだ。その姿を見た途端、ふきがぱっと駆け寄った。

「健坊」

姉ちゃん、と男児もふきに縋る。

健坊、ごめんね、ごめんね、とふきは幼い弟を抱き締めた。連れて行けなくてごめんね、とふきはそればかり繰り返す。

「姉ちゃんもしっかり働くから。だから辛抱して待っていて」

亡父の残した借金が、自分たちふたりを雁字搦《がんじがら》めにしていることを、幼いながら理解しているのだろう。弟は、小さな拳を握り締めて必死で耐えている。

澪は腰を屈め、健坊の顔を覗き込んだ。

「藪入《やぶい》りが来たら、お姉ちゃんを迎えに寄越すから、つる家へいらっしゃい。それと、時々、健坊の様子を見に来られるようにするから」

他にどうにもしてやれない切なさを押し隠して、澪は優しく健坊の頬を撫でた。

離れ難い思いを断ち切るように、ふきは、弟と別れた。健坊は川端に立って、何時《いっ》までもふきの姿を見送っている。澪は度々振り返ったが、ふきは一度も振り向かない。竜閑《りゅうかん》橋まで来たところで、やっとその姿は見えなくなった。

黙々と、ふきは歩く。澪も黙って歩いた。

途中、ひと組の家族連れとすれ違った。大工職らしい父親に肩車された息子と、母の腕に甘えて縋る娘。気の早い花見だろうか、母の手の風呂敷の中身は重箱のようだ。幸せを凝縮したような情景に、ふたりは顔を背《そむ》ける。

俎橋まで来た時に、ふきは、ふいに立ち止まった。

橋の下を流れる飯田川。そのずっと先に、日本橋登龍楼がある。

　ふきは初めて背後の澪を振り返った。双眸に涙が盛り上がっている。ふきは、身体をぶつけるように澪に縋った。声を上げて泣く少女を、澪は両の腕《かいな》の中に抱きすくめる。

　春の日差しの溢れる中、飯田川をゆっくりと船が行き交っていた。

花散らしの雨——こぼれ梅

「やっぱり小《ちい》せぇなあ」

昼餉時《ひるげどき》を大分と過ぎ、客足の途切れたつる家《や》の一階座敷。飾り棚の前で先ほどから種市《たねいち》が何かぶつぶつと呟《つぶや》いている。

賄《まかな》いが整ったことを知らせに来た澪《みお》は、主《あるじ》の仕草が気になって、背後から飾り棚をひょいと覗《のぞ》き込んだ。

「まあ」

思わず声が洩《も》れた。鮮やかに色づけされた一対《いっつい》の土雛《つちびな》が置かれていたのだ。ともに玉子を思わせる丸い形で、細く描かれた目が何とも愛らしい。

「旦那《だんな》さん、これは？」

声を弾ませる澪に、種市は照れて、がりがりと頭を掻《か》いてみせる。

「中坂の雛市を覗いたら、こいつらと目が合っちまったのさ。明日は雛祭りだろ？」

うちには娘がふたぁり居るみたいなもんだからよぅ、と種市は温かく笑った。

澪は嬉《うれ》しくなって、ふきちゃん、と下足棚《げそくだな》の方へ呼びかける。返事が無い。首を傾《かし》げながら、澪は土間に降りて入口へ向かった。やはり姿は見えない。首を傾げたまま、暖簾《のれん》を捲《めく》って表へ出た。

柔らかな淡い匂《にお》いがする、と思うと、目の前を桃の花を満載にした籠《かご》を抱えて、花売りが通る。花売りの行く九段坂に目をやるが、ふきの姿は無かった。俎橋《まないたばし》に目を転じると、何やら人だかりが出来ている。

「澪姉さん」

澪の姿を見つけたふきが、人垣《ひとがき》の間から飛び出して来た。

「どうしたの？」

「行き倒れみたいなんです。あたしがお客さんを送って表に出た時に見つけて、それで」

男がふらふらとつる家の前を通り過ぎ、俎橋の袂《たもと》まで行ってばったり倒れたのだと言う。ふきに前掛けの裾《すそ》を握り締められたまま、澪は人垣を掻き分けた。

澪とさほど歳《とし》の違わない青年が倒れている。継《つ》ぎの当たった縞木綿《しまもめん》の着物は泥に塗《まみ》れ、草履《ぞうり》も片方ない。ただ、行き倒れには不釣り合いの大きな徳利を後生大事に抱き締めており、それが人目を引いていた。

「行き倒れに酒なんぞ贅沢《ぜいたく》な。こっちで呑《の》んでやるぜ」

野次馬のひとりが手を伸ばして徳利を奪おうとした。若者は薄れて行く意識の中でそうはさせまい、と徳利を抱え込む。野次馬は諦《あきら》めない。揉《も》み合ううちに栓《せん》が外《はず》れて中身が少し流れ出た。甘い芳香を澪の鼻が捉《とら》える。

あ、と澪は驚いた。甘やかな匂いに心当たりはあるのだが、澪の知るものよりも遥《はる》かに上質な香りなのだ。

「お止《や》めなさい。それはお酒じゃありません」

野次馬と男の間に割って入ると、澪は徳利に栓をして、男の腕の中へと返してやる。

「酒じゃなきゃ何だってんだ」

邪魔をされた腹いせか、野次馬が怒鳴った。ふきがびくりと身体《からだ》を縮めている。

「耳は良いんです。怒鳴らないでくださいな」

澪は野次馬をきっと睨《にら》むと、語気を強めた。

「これは、暑気払《しょきばら》いの『柳陰《やなぎかげ》』です」

徳利を抱えていた若者が、澪の声にはっと目を開ける。野次馬が澪に詰め寄った。

「柳陰？　何だよそれは」

「上方《かみがた》では、お年寄りや女のひとが夏の暑い時期に呑《の》む、飲み物です。殿方《とのがた》が呑むのは野暮《やぼ》だと思います」

澪は「野暮」にわざと力を込めた。

江戸っ子は野暮という言葉に実に敏感だ。また、年寄りや女子供と同列に扱われることを良しとしない。果たして、徳利を狙《ねら》っていた江戸の男たちはいきなり興味が失《う》せたように散っていった。

「そこのつる家という店の者です。うちで少し休んでいってくださいな。立てますか？」

澪は言って、青年の脇の下へ腕を差し込んで、半身を助け起こした。

「落とすといけないから、徳利を預かりましょう。ふきちゃん、お願い」

はい、とふきが両の手を差し伸《の》べる。男は当惑《とうわく》した顔で澪を見上げた。よほど仔細《しさい》があるのだろう。

「私は料理人です。徳利の中身がどれほど大切なものか見当がつきます。信じてください」

料理人、と聞いて男の顔から迷いが消えた。男はふきに徳利を委《ゆだ》ねると、澪の手を借りて何とか立ち上がった。

「お蔭《かげ》さんでひと息つけました」

つる家の内所《ないしょ》。ふきに足を漱《すす》いでもらい、芳《よし》の入れたお茶を飲み干すと、若者はほっと安堵《あんど》の息を吐《つ》いた。彼は名を留吉《とめきち》と言い、房州は流山《ながれやま》の酒屋「相模屋《さがみや》」の奉公人で、江戸へは商《あきな》いのために来た、と語った。店主苦心の品を、あちこちに売り込んだが全《まった》く相手にされず、終《しま》いには因縁《いんねん》をつけられて袋叩《ふくろだた》きにされたのだそうな。

「伝手《つて》もなしに売り込むのは無茶ってもんだが……。商う品はその徳利の中身だろ?」

種市が身を乗り出して、留吉の抱える徳利を注視する。

「つる家は今は酒を出しちゃいねぇが、俺は呑《の》んべだから、旨《うま》い酒なら寝酒用に買っても良いぜ」

「うちの亭主も好きだからね、持って来てくれたら、買わせてもらうよ」

種市とおりょうにそう言われて、留吉は困った顔で澪を見た。澪は笑顔で応《こた》える。

「旦那さん、おりょうさん、留吉さんの徳利の中身はお酒じゃなくて、味醂《みりん》なんです」

味醂? とふきが怪訝《けげん》そうな顔で呟いた。

「でもさっき、澪姉さんは、柳陰《やなぎかげ》って」

ああ、それは、と芳が笑みを零《こぼ》す。

「味醂を焼酎《しょうちゅう》で割ったものを上方ではそう呼ぶんだす。江戸では確か、本直《ほんなお》し、て呼ぶんだしたなあ。殿方は呑まん、というのは澪の方便ですやろ」

芳に言い当てられて、澪はちょっと舌を出してみせた。

留吉はほうっと感嘆の息を洩らす。

「あの時、味醂や本直しと言ったのでは、この徳利を取り上げられていたに違いねぇべさ。澪さん、この通りだべ」

房州訛《なま》りで言って深々と頭を下げる留吉に、澪は、遠慮がちに切り出した。

「留吉さんの味醂は、香りが素晴らしいですよね。少し見せて頂いても良いですか？」

その言葉に留吉の顔がぱっと輝いた。

「この味醂は、店主紋次郎《もんじろう》が工夫に工夫を重ねて苦労して作り上げたものなんだべ。料理人の澪さんに味を見てもらえるのなら、こんなに嬉しいことは無ぇべよ」

内側が白い器を、と言われて澪は茶碗を用意した。そこへ留吉が徳利の中身を少しだけ注《そそ》ぐ。淡い黄金《こがね》色の何とも美しい液体が白い底に溜《た》まった。まあ、と澪と芳とが同時に呟く。種市とおりょう、それにふきまでも、器の中をしげしげと覗き込んだ。

「一体こりゃあ本当に味醂なのかい？　俺の知ってる味醂てぇのはもっと濃い色だ

ぜ」

種市が言えば、おりょうとふきも、こくこくと頷《うなず》いてみせる。色が薄いことも珍しいが、その香りの素晴らしいこと。澪は我慢できずに薬指をちょんと浸《ひた》し、舌に載《の》せて味を見る。途端にはっと瞠目《どうもく》した。驚くほど甘い。けれど、決してべたべたした甘さではなく、奥行きのある甘さだ。

試《ため》してみたい、これを使って料理を作りたい。

留吉に頼んで徳利の中身を茶碗に多めにもらうと、澪は調理場へと駆けた。鍋《なべ》に出汁《だし》を煮立て、塩と酒、そして留吉の味醂を入れると、下拵《したごしら》えの済んでいる蕗《ふき》を加える。さっと加熱して蕗を取り出すと、団扇《うちわ》で煽《あお》いで冷ます。煮出汁は鍋ごと水に浮かせて冷ました。どちらも冷えたところで、深めの皿に入れる。

ひとつ味を見て、澪は思わず天井を見上げた。これまでに知る、どの煮物よりも遥かに味わい深い仕上がりになっている。この味醂は、やはりただものではなかった。

「これは蕗の煮物だべか？」

澪が運んで来た料理を見て、留吉が首を捻《ひね》る。蕗が瑞々《みずみず》しい緑色のまま、小鉢《こばち》に盛られているのだ。

「やけに青いぞ。お澪坊、味付けを忘れたんじゃ無《ね》ぇのかよぅ」

口を尖《とが》らせる種市に、澪は、ふふっと笑ってみせた。

「蕗の青煮です。お味を見てくださいな」

青煮とはまた懐かしい、と芳が声を洩らす。上方では薄口醤油《しょうゆ》を用いたので味わいは少し異なるが、蕗や豌豆《えんどう》などの鮮やかな色を残したままの青煮は、ことにこの季節には喜ばれる一品だった。

留吉と種市が恐る恐る箸《はし》をつける。口に入れて噛《か》んだ途端、二人とも目を剝《む》いた。

それを見て、おりょうとふきが同時に箸を伸ばす。

「澪ちゃん、あたしゃこんなの初めてだよ。見た目は蕗の持つ色のままなのに、しっかり味が付いて何とも美味《おい》しいねえ」

おりょうが驚きの声を上げる横で、ふきが幸せそうに頬《ほお》を押さえている。

「なるほど味醂に色が無ぇから、こんな綺麗な色に仕上がるんだな」

種市が感心したように唸《うな》った。

「そう言うたら、流山の白味醂、というのを聞いたことがおますなあ」

芳が記憶を辿《たど》るような表情で言うのを聞いて、あっ、と澪も思い出した。

大坂は伊丹《いたみ》や灘《なだ》などの酒処《さけどころ》が近く、あまり遠方の味醂に頼ることはない。けれど流山の白味醂は仕上がりが美しい、ということで料理屋の間で話題になったことがあった。ただし、嘉兵衛《かへえ》の目に適《かな》わず、天満《てんま》一兆庵《いっちょうあん》で使われることはなかったのだが。

芳の口から白味醂の名が出たことに、留吉は驚き、慌てて居住まいを正した。

「仰《おっしゃ》る通りだべ。白味醂は流山生まれだども、相模屋の店主紋次郎は、それまでの手法に満足しねぇで、血の滲《にじ》むような精進さ重ねてこれを作り出したんだべ。俺はその苦労を間近で見て、何としてもこれを江戸で売りたいと思ったんだ」

しかし、何処《どこ》へ行っても田舎者《いなかもの》呼ばわりされて、話さえまともに聞いてもらえない、と呻《うめ》いて、留吉は膝《ひざ》に置いた手を拳《こぶし》に握った。主を思う留吉の気持ちは、澪には痛いほどわかる。何とか力になりたい、と思うものの、種市に頼んでつる家で使うだけではあまり助けにならないだろう。

気まずい沈黙が流れたが、それを破ったのは芳だった。

「この白味醂は風味といい、香りといい、以前、嘉兵衛の目に適わなかったものとは格段に違うように思えますのやが……。澪、どうや?」

ええ、と澪は頷いてみせる。

味醂は、料理に照りと艶《つや》とを与え、煮崩《にくず》れを防ぐ大切な役割を担《にな》う。留吉の味醂にはさらに食材への味の染みを良くし、旨みを引き出す力が潜《ひそ》んでいるように思われた。

「料理人ならば、必ずこの味醂の力に気付くでしょう。また、この深い甘さは濃い味を好む江戸のひとの口にも合うはず。今に江戸中で売れるようになると思います」

「この味醂で天下取れる思うか？」

芳に畳み込まれて、澪は躊躇《ためら》うことなく、はい、と答える。留吉の喉《のど》が妙な音で鳴った。見ればくしゃくしゃな顔で嗚咽《おえつ》を堪《こら》えている。

芳は身体ごと留吉に向き直った。

「留吉さん、この味醂、まずは上方で売ることを考えはったらどないだす？」

「上方で？」

留吉の問いかけに、そうだす、と芳は深く頷いてみせた。

「色めの薄いのを好む上方の方が、この味醂の良さに気付くのは早おますやろ。また、上方は田舎を見下すような真似《まね》はしまへんよって商いもやり易《やす》いと思いますで。それに江戸では下り物が喜ばれる、という下地もおます。一遍《いっぺん》、上方で受け入れられたものの方が、江戸へ売り込むのにも箔《はく》がつくのと違いますやろか」

ほ、本当だべか、と留吉は身を乗り出した。ほんまだす、と芳は温かい声で応える。

「力になってくれそうな料理屋に心当たりがおます。私が一筆書かせてもらいまひょ。それ持って、相模屋の旦那さんに上方へ出向いてもらいなはれ」

「良かったなあ、留吉さん。このひとは大坂でも名のある料理屋の女将《おかみ》だったんだぜ。

きっとお前さんの力になってくれる」

種市が言うと、留吉は畳に額《ひたい》を擦《す》りつけて、ありがとごぜぇます、と声を絞った。

澪に送られて、留吉は入って来た時とはまるでひとが違ったかのように、元気にっる家を出た。懐《ふところ》には芳の文《ふみ》が入っている。それを着物の上から押さえてみせて、神妙に言った。

「澪さん、俺、あんたにどう恩を返したら良いのか……。俺に出来ることがあれば何でもさせてもらうべ」

「そんな必要ないですよ」

「いや、それでは俺の気が済まねぇべよ。何でも言ってくれ。この通りだべ」

拝む格好をする留吉に、澪は両の眉《まゆ》を下げる。律儀者《りちぎもの》の留吉のことだ、聞き出すまで粘《ねば》るだろう。澪は、眉を下げたまま考え込んで、ふいに、あ、と声を洩らした。

「そうだ、こぼれ梅」

「こぼれ梅? 何だべ、それ」

留吉の返事に、澪は驚いた。

「こぼれ梅はこぼれ梅です。味醂の搾《しぼ》り粕《かす》のことですよ」

味醂を搾ったあとの粕は、酒粕とはまた違ってほろりと甘く、大坂では女性や子供に好まれるおやつだった。解《ほぐ》した味醂粕は、ちょうど満開の梅が零《こぼ》れたように見えて、「こぼれ梅」と呼ばれる。

その話を聞いて、留吉は、ええっ、と仰天《ぎょうてん》した。

「味醂の搾り粕を食べるんだべか?」

「ええ。私も幼馴染《おさななじ》みも大好きだったんです」

幼い日の手習い帰り。長い長い天神橋を渡りながら大人に隠れて野江《のえ》とふたり、よく食べたことを思い出し、澪はじんわり切なくなる。

こぼれ梅、と口の中で繰り返して、留吉は、綺麗な名だべなあ、と感心したように溜め息をついた。

「味醂粕って呼び名だと、肥料《こやし》か鶏の餌《えさ》にしか聞こえねぇが、こぼれ梅、って名だと何とも品の良い食べ物に聞こえるから不思議だべなあ。それなら今度、味醂粕を、否《いや》、こぼれ梅を持って来るべぇよ。そうさせてもらうべ」

恩返しの道が見つかったのが嬉しいのだろう、留吉は欠けた歯を見せて笑った。そうして俎橋を弾む足取りで帰っていったのだった。

翌、雛祭り。

昔は人形《ひとがた》に不浄を託《たく》し、川や海へ流して祓《はら》ったのだが、いつからかそれは雛人形となり、娘の成長を願って飾られるようになっていた。ここつる家でも、種市の求めて来た一対の土雛が、桃の花とともに二階座敷の棚に飾られている。ふきが幾度も畳を拭《ふ》く手を止めて、嬉しそうに雛飾りを眺めていた。

「貧相な雛人形なのに、あんなに喜んでよぅ」

仕入れを終えて調理場へ顔を出した種市が、豆腐の入った桶《おけ》を置きながら、しんみり言う。

「どうだろうな、お澪坊。今日の賄いは雛祭りにちなんだものにしてくれねぇか」

「はい、そのつもりで昨日から蛤《はまぐり》を砂出ししています」

澪はにっこり笑って答えた。賄いだから贅沢は出来ないが、せめて大根と人参《にんじん》の皮を使って紅白の膾《なます》と、蛤の吸い物は用意するつもりだった。

「俺ぁ男だし、よく知らねぇんだが、そもそも雛祭りってぇのは何を食うんだい?」

種市に問われて、澪は少し考え込んだ。

「天満一兆庵には嬢《いと》さんがいらっしゃらなかったので……。ただ、私が幼い頃には、桃の節句には母が蛤のお汁《つゆ》、紅白《こうはく》膾、小豆《あずき》ご飯に木の芽味噌《みそ》の豆腐田楽《でんがく》を作ってくれました」

木の芽味噌の豆腐田楽、と繰り返すと種市は、いけねぇ、涎《よだれ》が出ちまった、と慌てて口を押さえた。調理場をぐるりと見回して、大根に人参、小豆に豆腐があることを確認すると、澪に視線を戻す。

「せっかくだから、今日の献立《こんだて》は桃の節句にちなんだ料理にしちまわねぇか？」

仕込みはこれからだから、献立を変えることに問題はない。けれど、と澪は眉を下げた。

「つる家は男のお客さんが殆《ほとん》どです。雛祭り用の献立では、苦情が出るのでは」

「そいつぁ逆だぜ、お澪坊」

所帯持ち、しかも娘の居るものしか、雛祭りの膳を口にすることはないだろう。つまり客の大半が食べた経験がないのだ。ならば、そうした趣向はむしろ喜ばれるはずだ、とつる家の店主は胸を叩《たた》くのである。澪は仕方なく、頷いてみせた。

つる家の勝手口を開けたところに、山椒《さんしょう》の樹が植えられていて、上手《うま》い具合に一斉に若芽を伸ばしている。山椒の若芽は「木の芽」と呼ばれ、この時季だけの自然の恵みだった。

「澪姉さん、手伝います」

井戸端《いどばた》で雑巾《ぞうきん》を絞っていたふきが、慌てて駆けて来た。澪は人差し指を唇《くちびる》に当てて、静かに、という仕草をし、黙ったまま木の芽を摘《つ》み続ける。

ふきは首を傾げたまま、同じく木の芽を摘み出した。小ぶりの笊《ざる》に一杯摘み終えたところで調理場へ戻り、盥《たらい》に溜めた水に放《はな》った。

「黙ってるのも骨折りだわ。ごめんなさいね」

怪訝そうな顔のふきに、澪は笑いながらこう続ける。

「木の芽を摘む時はね、周りに知られないようにそっと行って、黙って摘まなきゃならないの。そうしないと香りが立たないから」

「あたし、初めて聞きました」

「上方《かみがた》だけのおまじないなのかも知れないわ」

周囲に触れて回って、おしゃべりしながら摘んだところで、木の芽に変わりないかも知れない。けれど、幼い日、母から教わったまじないを、澪は今も大切に守っているのだ。

おまじない、とふきは小さく呟いた。

「澪姉さん、他にはどんなおまじないがあるんですか?」

　そうねえ、と木の芽を丁寧に洗いながら、澪は考える。

「そう言えば、私が七つ八つの頃、仲の良い友達と、涙封じのおまじないを作ったことがあったわ」

　澪は、親指と中指、薬指の先をくっつけると、人差し指と小指をぴんと伸ばしてみせた。

「ふきちゃんも知ってるでしょ？　狐《きつね》の形ね」

　こくんと頷いて、ふきも指を狐の形に結ぶ。

「狐はこんこん、と啼《な》くでしょう？　だから涙が出そうになると、指をこうして、『涙は来《こ》ん、来ん』って胸の中で唱《とな》えるの」

　転んで膝を擦り剝いた時、手習いで先生に叱《しか》られた時、泣き虫の澪がべそをかくと、必ず野江が指を狐に結んで、軽く振って励ましてくれた。天神祭で大人と逸《はぐ》れて迷子になった時など、ふたりして「涙は来ん、来ん」と励《はげ》まし合ったものだ。思えば、八歳で両親を失って以降、そのおまじないを使うこともなくなってしまったのだが。

　ふきが、狐に作った手を、無心に振っている。その姿が昔の自分に重なって見えて、澪は胸の奥がじんとなった。

「今日の木の芽味噌の田楽は、なかなか旨かったぞ」

清右衛門が、わざわざ澪を呼びつけ、表まで送らせて褒《ほ》める。

「出が上方と聞いていたので、べたべたと甘い白味噌やら、腰抜け豆腐やらを想像していたのだ。だから余計に旨く感じたのかのう」

戯作者の言葉に、澪はおや、と目を見張る。

「上方をご存じなのですか？」

うむ、と男は横柄《おうへい》に頷いてみせた。

「京坂《きょうざか》を旅したのは、三十六の時だ。何せ食い物が口に合わんので苦労した。上方には旨いものなど何もないからな。おっと、これ以上は止《よ》しておこう。塩を撒《ま》かれると困る」

澪は思わず、ぷっと吹き出した。悪態をついても、やはり何処《どこ》か憎めない恐妻家だった。

澪たちの目の前を、植木職人が六人、根の付いた桜の樹《き》を肩に担《かつ》いで九段坂の方へ上っていく。蕾《つぼみ》を沢山《たくさん》抱いた桜に目をやりながら、清右衛門は、無粋《ぶすい》なことだ、と呻いた。

「花が咲くまで同じ場所で植えておけば良いものを。吉原廓《よしわらぐるわ》に倣《なら》って、ああして未《ま》だ蕾の固いうちに根こそぎ移し替えてしまうのだ」

「吉原に倣って？」

澪が首を捻ると、清右衛門はふん、と鼻を鳴らした。

「例年、弥生《やよい》の朔日《ついたち》になると、吉原仲《なか》の町《ちょう》に根つきの桜を運び込んで植えるのだ。そして花が散る前に全部抜き去ってしまう。蕾と花とを味わい尽くし、散るのを見ずに消してしまう。まこと、吉原廓の遊女のごとき扱いだ」

清右衛門の言葉に、野江の姿が重なって、澪はぐっと右の拳で胸を押さえた。それに気付かず、男は桜の行方《ゆくえ》に目を向けたまま、ぼそぼそと独り言のように呟いた。

「そう言えば、お百《ひゃく》から吉原桜を見に連れて行け、と言われておったのう。やれ面倒な」

お百とは、恐妻の名だろうか。

澪が黙っていると、清右衛門は、澪を振り返って肩を竦《すく》めた。

「知っておるか？　花見の時期は俄《にわか》同様、素人《しろうと》女も吉原見物が許されるのだ」

その言葉に、澪は驚いて瞳を見開いた。昨年、種市と源斉《げんさい》に連れて行ってもらった俄が脳裏を巡る。格子《こうし》越しに並ぶ、白無垢《しろむく》姿の遊女たち。

野江に会えるかも知れない。

右の拳で押さえられていた心《しん》の臓《ぞう》が、どくんと大きく跳ねた。

がしゃん、と土間で器《うつわ》が砕《くだ》けた。

「済みません」

何事かと調理場を覗いた種市に詫《わ》びて、澪は、身を屈《かが》めると破片を拾う。

「珍しいなあ、お澪坊が皿を割るなんてよぅ。怪我《けが》のないようにしてくんなよ」

心配そうに言う種市に、澪は再度、済みません、と頭を下げた。

野江に会いに行くには店を休まねばならない。事情を告げれば、種市なら休みをくれるだろう。それればかりか一緒について来てくれるに違いないのだ。けれど、と澪は思う。

野江が生きていること。

その正体が「あさひ太夫《だゆう》」であること。

どちらも種市を始め、周囲の誰にも打ち明けていない。軽々しく話せることではなかった。何とか穏便《おんびん》に店を抜け出して吉原へ行く方法はないか、澪はそればかり考えていた。

こんな時、小松原《こまつばら》なら何と答えてくれるだろう。澪を「下がり眉」と呼ぶ、その声を懐かしく思う。否《いや》、懐かしいのではない……。

澪は自分の胸の内を覗きそうになるのを、慌てて頭を振ることで堪えた。

その翌々日の、夜のことだ。

澪と芳とが帰り仕度を始めた頃、ふきが困った顔で調理場に顔を出した。

「あのぅ、又次《またじ》というひとが、澪姉さんにお弁当を作ってくれないか、と」

何だ、又さんが来たのかよぅ、と種市が跳ねるように入口へ向かった。

提灯《ちょうちん》に火を入れながら、芳がさり気なく澪に言う。

「澪、又次さんと色々話があるんと違うか？　私が居てたら気詰まりやろ、先に帰りますで」

「けどご寮《りょん》さん、おひとりでは危ないです」

澪が懸念すると、芳はほほほ、と笑った。

「今時分やったら、門限ぎりぎりのお武家さんたちが仰山《ぎょうさん》、通ってはるやろ。何も心配あらへん。けれど、澪は又次さんに送ってもらうんやで。金沢町は吉原の帰り道やろから。よろしおますな」

芳と入れ違いに、又次が種市に引っ張られるようにして調理場へやって来た。その顔を見て、澪ははっと息を飲む。

こけた頬、落ち窪《くぼ》んだ眼《め》。別人かと思うほどに面窶《おもやつ》れしていたのだ。

「こっちに顔を出すのが遅くなって済まねぇ」

又次は言って、澪と種市に軽く頭を下げる。そんなこたぁ構わねぇよぅ、と種市が心配そうに又次の顔を覗き込んだ。

「お前さん、どっか悪いんじゃねぇのか？　顔色が悪いし、それに随分痩《や》せちまったような……」

「親父《おやじ》さん、悪いんだが」

種市の視線から逃れて、顔を背《そむ》けたまま、又次は言う。

「このひととちょっと話してぇことがある。ふたりにしてくれねぇか」

種市が戸惑《とまど》った顔を澪に向ける。澪は主にこっくりと頷いてみせた。その様子を見守っていたふきが、種市の袖《そで》をそっと引っ張って、内所の方を示した。

ふたりきりになった調理場で、しかし又次はむっつりと黙ったままだ。

野江の身に何かあったのだろうか。澪は焦《じ》れる思いで男の言葉を待った。漸《ようや》く、又次は懐から見慣れた風呂敷包《ふろしきづつ》みを取り出して、澪に差し出した。受け取ると、持ち重りがする。

「金柑《きんかん》が入ってる。今夜はそれで蜜煮《みつに》を作っちゃくれめぇか。太夫がお前さんの作った蜜煮を食べたい、と」

「蜜煮……」

調理台に置いて弁当箱を開くと、なるほど、艶々《つやつや》と美しい丸金柑がぎっしり入っていた。盛りは過ぎたが、この時期のものは一層甘いのだ。

「金柑で鱠は作るが、蜜煮なんて洒落《しゃれ》たもの、俺は作ったことが無《ね》ぇんだ」

金柑を水と砂糖でことことと煮た蜜煮。子供の頃、野江はそれを普段あまり好まなかった。ただ、風邪《かぜ》で熱の高い時や体調を崩して寝込んだ時にだけ口に合うのだと話していた。澪の母の作る蜜煮は格別美味しいので、病床の野江に届けたことを覚えている。

もしや、と澪は怯《おび》えた目を又次に向けた。

「もしや、野江ちゃん――いいえ、あさひ太夫は何処《どこ》か具合でも悪いのでは」

「そうじゃあ無ぇ」

又次は言いながら、澪と視線を合わそうとはしない。

風邪を拗《こじ》らせたか、あるいは……。

色里には業病《ごうびょう》と呼ばれる病《やまい》があり、遊女がそれを患《わずら》えば耳や鼻が落ちるのだ、と聞いたことがあった。悪い想像ばかりが胸を過《よ》ぎり、澪は思わず、又次の袖に縋《すが》った。

「又次さん、答えてください。野江ちゃんの身に何があったんですか？」

「それを聞いてどうしよう、ってぇんだ」

初めて男が澪と視線を交《まじ》えた。鋭利な刃を思わせる眼差《まなざ》しだ。

「もしも何か重い病にかかっているのなら」

澪は震えながら声を絞る。

「逢《あ》いに、逢いに行きます」

「そいつぁなんねぇ」

「私に看病させてください、お願いします」

「だから、なんねぇと言ってるだろ」

襟《えり》に手を掛けて澪を乱暴に引き寄せると、又次は押し殺した声で言った。

「里の中であんたに逢いたいと……遊女でいる姿をあんたに見られたいと……太夫がそれを願うと思ってるのか？　あんた、本気でそう思ってるのか？」

澪は双眸《そうぼう》を見開いたまま、又次を見つめる。男の瞳に哀《かな》しみと憤《いきどお》りが宿っているのを読み取って、澪は苦しげに目線を逸《そ》らせた。

そう、又次の言う通りなのだ。

当時、大坂の中でも最も求心力のあった高麗《こうらい》橋通りに店を構え、珍しい渡来品を商っていた淡路屋《あわじや》。野江はそこの末娘だった。「淡路屋の器量良しのこいさん（末娘の別称）」で知られていたのだ。易者《えきしや》の水原東西《みずはらとうざい》を虜《とりこ》にした時の、野花をあしらった鴇《とき》色の絽《ろ》友禅《ゆうぜん》姿の野江を、澪は今も鮮やかに思い出すことが出来る。

　自分が野江ならば、昔を知るひとに今の姿を見られて記憶を塗り替えられてしまうよりも、その思い出のまま、大切に覚えていて欲しいと願うのに違いないだろう。

「無茶をして済まなかった」

　澪の思いを見抜いたように、又次は摑《つか》んでいた襟を静かに放す。

「さぁ、あまり時間も無ぇ、俺も手伝うから蜜煮を頼むぜ」

　手桶の水で手を洗い始めた又次に、澪も気を取り直して、はい、と頷いてみせた。

　金柑は丁寧に洗ったあと、包丁で縦に切れ目を入れて、たっぷりの湯で一度茹《ゆ》で零す。竹串《たけぐし》で種を外したら、金柑が被《かぶ》る程度の水にどっさりと砂糖を加え、落とし蓋《ぶた》をしてことことと煮るのだ。途中、蓋を取ってほんの少し酢《す》を垂《た》らすのを見て、又次が目を剝いた。

「酢を入れるのか？」

「ええ。こうしておくと心持ち長く置けますし、味もまろやかになるんです」

　なるほどなあ、と又次が感心したように唸って、鍋を注視している。調理場に入って来た時のような陰鬱《いんうつ》な表情は消え失《う》せ、生き生きと気力が漲《みなぎ》っていた。

ああ、このひとは本当に料理が好きなのだ。

澪は又次に、自分に似た気質を感じ取り、ほっと吐息をついた。


夜更《よふ》けの昌平橋。

神田川の河岸《かし》に船の姿はなく、朧《おぼろ》な月に照らされた橋上には、人影が三つ。それが目印なのか、身の丈《たけ》の半分近くある大きな提灯をぶら下げたかりんとう売りが、ふたりの脇をゆっくりとすれ違って行く。横目でその灯を見送る澪に、長い沈黙を通していた又次がふいに話しかけた。

「遅くなっちまって済まねぇな」

つる家を出る時に口にしたのと同じ台詞《せりふ》を今また繰り返す男に、澪は言おうかどうか迷っていた気持ちが定まるのを感じた。澪は又次の前へ回って、その動きを止める。

「又次さん、教えてください。あさひ太夫に一体何があったんです?」

「だからそいつぁ」

言いさして、又次は、おや、という表情で澪を見た。淡い月の光の下、澪はとても静かな表情をしていた。つる家の調理場で野江の名を口にして取り乱していたのとは別人のようだった。

「幼馴染みの野江ちゃんは、今も私のここに」

澪は自分の胸にそっと手を当てる。

「ここに住んでいて、それはこの先、何があっても変わることはないんです。私が今、案じているのは、あさひ太夫──私が苦しい時に『雲外蒼天《うんがいそうてん》』という励《はげ》ましと、十両という大金を貸してくださった恩人のことです。まだ六両、返せないまま待って頂いているひとのことなんです」

もし病の床《とこ》にあるのならば、口に合うものを料理して又次に託したい。そうした形で恩返しをさせて欲しい。澪は又次にそう告げた。男は、苦しげに口を歪めた。

「逢わすわけにはいかねぇ」

「逢いません。いえ、太夫のお気持ちを思えば、逢うことは出来ません」

澪の言葉に、又次はふいに脱力したようにその場にしゃがみ込んだ。澪は驚いて、その隣りに腰を落とす。ふう、と大きな吐息をついた又次は、河岸の方へ目を向けた。

淡い月の光で、暗い川面《かわも》が一層黒々と映る。じっと見つめていると飲み込まれそうだ。その漆黒《しっこく》の水面《みなも》に又次は暫く見入っていたが、やがて視線を足元へ落とすと、ゆっくりと口を開いた。

「斬《き》られちまったんだ」

きられた、が「斬られた」であることに気付くまで、一瞬の空白があった。心の臓がきんと凍り、全身から血の気が引く。澪は思わず両の手を橋板についた。聞き間違いかと思い、震える眼差しで又次の顔を覗き込む。

「又次さん、今……今、何て」

自分の言葉が娘に与えた衝撃を察したのだろう、又次は、慌てて首を横に振った。

「斬られたと言っても、殺されたわけじゃねえ。太夫は生きて、こいつを待ってる」

手にした風呂敷を持ち上げてみせると、わなわなと震えている澪へ、ことの成り行きをこう語った。

今から十日ほど前のこと。

翁屋《おきなや》お抱えの遊女菊乃《きくの》に袖にされたことを恨んだ客が、脇差《わきざ》しを隠し持って店に忍び込んだ。散々通い詰め、勝手知ったる廓のこと。男は、難なく目指す菊乃の部屋へ辿《たど》り着き、逃げ惑う女に斬りつけた。騒ぎを逸早《いち》く聞きつけたあさひ太夫が、身を呈《てい》して菊乃を守ったのだという。

「俺が駆けつけた時にはもう、右腕のこの辺《あた》りを、斬られちまっていた」

肩に近い部分を手で斜めに斬る仕草をして、又次は顔を歪めた。

「俺ぁ、太夫を斬った野郎をこの手で絞め殺してやろうとしたんだ。けれど、それを太夫に止められた。あの太夫が血まみれになりながら、俺を止めたんだ」

相手に馬乗りになって、その首に両の手をかけ、満身の力を込める又次。血まみれになりながら、又次を止めるあさひ太夫。澪には、その情景が見えるようだった。がたがたと震えながら、いつぞやの又次の般若《はんにゃ》の形相《ぎょうそう》を思い出す。種市に、太夫のことを詮索《せんさく》された時に見せた、あの恐ろしい形相を。そう、このひとは太夫を守るためならば鬼にも魔物にも姿を変えるのだろう。

おそらく野江は、そんな又次を人殺しにしたくなかったのだ。幼馴染みの思いを汲《く》み取って、澪は唇を噛み締める。

「居続けの客の中に藪《やぶ》医者が居て、すぐに手当てを受けられたのさ。そいつが言うのに、時節柄《じせつがら》、綿入れを着ていたのが幸いして、筋までは切れていないんだと」

だが、出血の量が多く、もともと色白だった太夫の顔色がさらに紙のようになった。終日、昏々《こんこん》と眠り続け、何の夢を見ているのか、時折り、「泣きないな」「もう泣きな」と微《かす》かにうわ言を洩らすばかり。このまま息を引き取ってしまうのではないか、と廓中がはらはらと見守り続けたのだという。

「今日の日暮れ刻《どき》。廓が賑《にぎ》わい始めた頃になって、やっとはっきりと目を覚ましたんだ。そして、最初に俺に聞いたのが……」

又次は、静かに、しかし真《ま》っ直《す》ぐに澪を見た。その双眸が心なしか潤《うる》んでみえた。

「泣いてへんか」

えっ、という澪の問いかけるような眼差しを受けて、又次はさらに続ける。

「太夫は俺にこう聞いた。『又次、澪ちゃんはどないしてる。もう泣いてへんか』と」

澪は、泣くまいとして、唇を引き結んだ。「雲外蒼天」と書かれた文を受け取った時から、強くなろう、と心に決めた。簡単に涙は見せまいと自身に誓ったのだ。

ぐっと奥歯を嚙みしめて、澪は視線を天へ向ける。

生死をさまよう間に野江が見た夢は何だったのだろう。幼かった頃のことか、それとも今か。いずれにしても、澪が泣いてばかりいることを案ずる夢なのだ。

盛り上がってきた涙が零れ落ちる前に、澪は手の甲で素早く拭《ぬぐ》った。もう、自分のことでこれ以上、野江に心配をかけてはならない。

「あさひ太夫にお伝えください」

澪は、無理にも又次に笑顔を向ける。

「澪はもう泣いていない、と。元飯田町《もといいだまち》に移ったつる家で、料理の腕を揮《ふる》っている、何の心配も要らない、と」

その夜、澪は眠ることが出来なかった。

目を閉じると、男に斬られた野江が血みどろでのたうちまわる姿が脳裏に浮かぶ。傷の具合はどうなのだろうか。本当にもう命を落とす心配はないのか。考え始めると不安で胸が締め付けられるようだった。

雲外蒼天、と予言された自分の身に起きたことならばわかる。けれど、野江は旭日《きょくじつ》昇天《しょうてん》なのだ。天下取りの易を受けながら、何故《なぜ》、遊廓に身を置かねばならないのか。何故、理不尽にもそんな大怪我を負わねばならないのか。神か仏か知らないけれど、どうして淡路屋のこいさんだった野江に、ここまで苛酷《かこく》な運命を負わせねばならないのか……。そう思いかけて、澪ははっと身を竦める。神仏に対して不信を抱いたことに、自分自身で慄《おのの》いて、お赦《ゆる》しください、お赦しください、と胸の内で繰り返した。

——泣いてへんか

——澪ちゃんはどないしてる。もう泣いてへんか

又次から聞いたその言葉を繰り返しながら、澪は幼い日の野江の声しか記憶にないことを哀しく思う。

そっと寝返りを打つと、戸板の隙間《すきま》から夜の明ける気配が忍び込んでいた。

泣いてへんか。もう泣いてへんか。

上方訛《かみがたなま》りを真似た又次の口調を思い返すうち、澪ははっと身を起こす。

吉原には「廓言葉」というのがあるはずではなかったか。

生まれ故郷の訛りを剝《は》ぎ取り、「ありいす」「おざりいせん」などと独特の言葉を駆《く》使《し》して男の心を摑んで放さないのが吉原遊女なのだ、と聞いたことがある。

澪が生まれ育った四ッ橋の近くに新町《しんまち》廓というのがあったが、そこでは遊女も素人《しろうと》女も、同じ大坂の言葉を使う。だから澪には廓言葉というものが何とも珍しく思われ、記憶に残っていた。

廓言葉を話すはずの吉原で、何故、野江は上方の言葉を通しているのか。たまたま、うわ言の続きで出ただけなのか。それとも何か別の理由があるのか。

澪は、そっと寝床を離れた。そして芳を起こさぬよう気遣いながら身仕度を整えると、軋《きし》む板戸を用心しいしい開けて、表へ出た。

裏店《うらだな》はまだ夢の中にある。住人たちの眠りを覚まさぬように、澪は細心の注意を払って井戸水を汲み上げ、盥に張った。そっと両の手を浸す。

廓言葉。いや、拘《こだわ》るべきはそれではないように思われる。何かもっと大切なことに気付くべきなのに、気付けていないような。胸に引っかかるものが何なのか、自分でもわからない。静かに水を両手で掬《すく》うと、顔を洗った。

二度、三度とそうするうちに、ふと、源斉の言葉が耳に蘇《よみがえ》った。

──ほうれん草は血を増やします
──口から摂《と》るものだけが、人の身体を作るのです
ほうれん草はもう手に入らないから、それに替わるものを源斉に教わろう。そして、この次に又次が顔を見せるまでの間に、血を増やす料理を工夫しよう。そう考えながら、袂《たもと》から手拭いを引き出して、顔を拭う。ふと、澪の手が止まった。

ふいに、翁屋の楼主《ろうしゅ》、伝右衛門《でんえもん》の禿頭《とくとう》が脳裏を過ぎったのだ。

「あ」

澪は、短く声を洩らす。

伝右衛門は、源斉の患者だった。そして、あさひ太夫は、翁屋の大事な抱え太夫。

もしかしたら……。

思うや否《いな》や、澪はだっと駆け出した。足が閾を引っかけて、派手な音を立てる。裏店の静寂を破ったことにも気付かずに、澪は無我夢中で走った。

「澪さん」

折しも井戸端で洗面していた源斉が、澪の姿を見つけて驚いたように声を上げる。澪の暮らす金沢町の裏店とは違い、こちらは隅々《すみずみ》まで陽《ひ》の当たる小綺麗な表店だった。

「どうしたのですか？　ご寮さんの具合でも」

手拭いで顔の水気を拭う暇も惜しんで、澪の傍《そば》へ駆け寄った。

「すぐに伺《うかが》いましょう」

「違うんです、源斉先生。そうじゃないんです。そうではなくて……」

今にも家に飛び込んで薬箱を抱えて来そうな勢いの源斉を、澪は慌てて押し止《とど》める。

「翁屋のあさひ太夫のことで、お聞きしたいことがあるんです」

源斉の表情に一瞬、緊張が走った。

「澪さん、一体、何があったというのです？　あさひ太夫というのは、翁屋が作り上げた架空の太夫だと、前にも話したはずですが」

それには答えず、澪は黙ってじっと源斉の目を見つめる。架空の太夫、と源斉が言えば言うほど、澪にはまるで彼があさひ太夫のことをひた隠しに隠したがっているように思えてならなかった。

源斉は暫く、澪の視線を真っ直ぐに受け止めていたが、やがて根負けしたように自《みずか》ら目を逸らした。

「散らかっていますが、中へ入ってください。ここでは話も出来ない」

そう言って、源斉は自ら引き戸を開けて中を示した。

源斉の住まいは、入ってすぐが広い板張りになっており、そこで病人も診《み》るのか、畳が二枚並べて敷かれている。奥には、小引出しのずらりと並んだ百味箪笥《だんす》。その上に重ねられた箱には、澪の読めない漢字が並んでいる。薬草の名を記したものらしい。御典医の子息、とのことだが、町医者としての実直《じっちょく》な暮らしぶりが感じられた。

徹夜で読んでいたのか、板張りには書物が何冊も広げたまま置かれている。それを拾い上げて部屋の隅に重ね置くと、源斉は、座ってください、と澪に座布団を勧めた。

「源斉先生、先生は私の幼馴染みの話を覚えておいでですか？」

いきなりそう切り出した澪に、源斉は戸惑いながらも、ええ、と頷いた。

「確か、野江さん、でしたね。旭日昇天、という易を受けた」

「そうです。その野江ちゃんを、漸《よう》く見つけることが出来ました」

「それは良かった」

源斉が弾んだ声を上げる。

「やはり生きておられたのですね。何処《どこ》に居られたのです？」

「吉原に」

澪は膝に置いた手を拳に握り、声を振り絞った。

「吉原の翁屋という廓に」

ええっ、と源斉が腰を浮かせ、畳に手をついた。

「そ、それは本当な……」

言いかけて、源斉はふと言葉を切った。

先ほど澪が知りたがったのが「あさひ太夫」。

野江の受けた易が「旭日昇天」。

ともに「あさひ」にまつわることに気付いた若き医師の顔から血の気が引いた。

「まさか……」

目を剝いたままの医師に、澪はこっくりと頷いてみせた。

幼馴染みの野江が、今は吉原廓の翁屋に居る。それも「あさひ太夫」という名で。

「まさか……そんなことが」

澪がこれまで見たことがないほどの、源斉の驚きぶりであった。

やはり源斉先生は何か知っておいでなのだ。澪は、己《おのれ》の予感が的中したことに慄き
ながら、

「源斉先生、この通りです」

と、居住まいを正して深く頭を下げた。

「野江ちゃんのことを……あさひ太夫の怪我の具合を教えて頂けないでしょうか」

源斉の返事は無い。

澪はその姿勢のまま、又次との出会いから、託された十両のこと、「雲外蒼天」とだけ記された文のことなど包み隠さず全《すべ》て話した。「もう泣いてへんか」という件《くだり》を話す時には流石に、涙が溢れそうになった。

もう泣くまい。強くなるのだ――澪は咄嗟《とっさ》に膝に置いた右の手を、狐の形に結ぶ。それに目を落とすことで必死に涙を堪えた。

十二年の時を隔《へだ》てて野江が今なお、澪のことを心から大切に思ってくれている。その事実が痛いほどに切なかった。澪の窮地を救ってくれた野江に、手を差し伸べることも出来ない。そんな自身が情けなくてならなかった。けれども、もう泣くまい、と心に誓う。

澪の両の肩に、源斉の手が置かれる。温かなその掌に力が込められ、ゆっくりと澪の顔を上げさせた。

源斉は、唇を引き結び、苦慮の表情を浮かべている。

「患者に関して、診療で知り得たことの一切を、他に漏《も》らしてはならない――医師となった時に、父、永田陶斉《ながたとうさい》から戒《いまし》めとして言われた言葉です。翁屋で私が誰を診て、どんな病状だったか、それを漏らすわけにはいかない」

澪は、失望の眼差しを源斉に投げる。青年医師は両の手を澪の肩から外すと、小さく吐息をついた。

「ただし、それ以外で私の知ることなら、お話し出来ます。架空の人物と言いましたが、翁屋には澪さんの仰る通り、あさひ太夫なる人物が居ます。天のなせる麗質、と禿《かむろ》の頃から評されていたそうですし、人の口に戸は立てられません。けれど、長じてからは見世に出ていないこともあり、翁屋楼主、伝右衛門殿の発案で、あれは翁屋が仕立てた幻の太夫、ということになっているのです」

「何のためにですか？」

「金に飽かして人品良からぬ者があさひ太夫に近づくことのないように、という楼主の判断なのです。太夫に近づけるのは、伝右衛門殿の眼鏡《めがね》に適《かな》った、ごく限られた者だけだ」

澪には、源斉の言うことが今ひとつわからない。楼主にとって、遊女は商う品に過ぎないはず。客の人品などどうでも良いはずではないのか。それとも伝右衛門は、そうやって太夫の値うちを吊《つ》り上げて、最も良い条件を出したものに身請《みう》けさせるつもりなのだろうか。

澪の戸惑いを察したのだろう、源斉は軽く首を振った。

「私も翁屋を知るようになってまだ一年。楼主と太夫の間にどのような経緯があったのか、具体的には何も……。ただ、翁屋にとってあさひ太夫はただの遊女ではない。生き神とも守り神とも思われているようです」

それ故《ゆえ》に、通常ならば見世に出て客を取らねばならぬ遊女の身でありながら、翁屋の奥深くに隠され、守られているのだという。

「あさひ太夫をあだや疎《おろそ》かに扱うようなことがあれば、翁屋も自分も身の破滅――伝右衛門殿は折りに触れて私にそう言われるのです。遊女でありながら、そのような扱いを受けること自体、まさに旭日昇天の表れなのかも知れません」

そんな馬鹿な。

格別な扱いを受けようがどうだろうが、遊女は遊女ではないか。銭で売り買いされる身の辛《つら》さは、経験がなくとも存分に忖度《そんたく》できる。

澪は、身を乗り出して声を放った。

「苦界《くがい》に身を沈めて、それでも旭日昇天だと言うのですか？」

「澪さんのお気持ちはわかります、しかし」

源斉は、言い辛そうに、こう語った。

一晩に幾人もの客を取らされる遊女の労働は過酷を極め、また病を得ている者も驚くほど多い。なかでも梅毒《ばいどく》は蔓延《まんえん》していて、これに罹患《りかん》した遊女は悲惨だ。一旦は治ったように見えても、身体が瘤《こぶ》だらけになり、骨が崩れて耳や鼻が落ちた状態になるのだという。

澪はあまりの酷《むご》さに両の手で耳を押さえた。

幼い日、新町廓の遊女たちを半《なか》ば親しみを持って見ていたけれど、彼女たちも同じような苛酷な境遇を生きていたことを改めて思う。

少なくともあさひ太夫はそうした状況からは遠いところに居るのだから、と源斉は澪を慰《なぐさ》めるように、そう繰り返すのだった。

種市が、さくりと音を立てて、三つ葉と海老《えび》のかき揚げにかぶりついた。

「旨い！　お澪坊、やっぱり俺ぁ、こんくらいが一番旨いと思うぜ」

「三つ葉の色が綺麗に出て、そのくせ、ちゃんと胡麻《ごま》油の味もするから、私もこれが良いねえ」

おりょうが言うと、芳とふきも同時に頷いた。澪も試しにひとつ食べてみて、なるほど、と思う。

「菜種《なたね》油と胡麻油の割合が八対二なんですが、今の時季の食材の色を生かせるし、これが一番良いですね」

「よし、じゃあこれで決まりだな」

さあ、そろそろ店を開けるとしようか、という店主の声で、奉公人たちはそれぞれの持ち場へと散る。

寒くなれば、胡麻油の割合を増やしてみようか。そんなことを考えて、澪が竈《かまど》の方へ向き直ると、ふきが間仕切りに立って、こちらを心配そうに見ているのに気付いた。

「どうしたの？　ふきちゃん」

近づいてそう尋ねると、ふきは俯《うつむ》いて、小さな声で答えた。

「澪姉さんが……澪姉さんが、とても悲しそうに見えたから」

「いっ？」

「今朝《けさ》からずっと」

澪は腰を落としてふきの顔を覗き込むと、にこにこと笑ってみせた。

「そんなことないわ」

さあ、暖簾《のれん》を出してちょうだいな、と無理にも明るく言うと、ふきの背中を優しく押した。少女は振り返り、振り返りしながら土間伝いに入口へと向かった。

自分が悲しみを背負う分、ふきはひとの悲しみにも人一倍、敏感なのかも知れない。

否《いや》、違う。澪はそっと首を横に振った。

おそらくは芳も種市もおりょうも、澪の様子がおかしいことに気付いていても、知らん顔を通してくれていたのだろう。

しっかりせねば、と澪はふきの小さな背中を見送りながら思う。

源斉から聞いた内容は、あまりに衝撃的だった。だが、少なくとも野江はあさひ太夫として翁屋の主から大切に扱われていることに、今は安心するよりないのだ。源斉の苦渋《くじゅう》の口ぶりからすれば、彼が伝右衛門に頼まれて、野江の治療に当たっているに違いなかろう。

源斉先生がついているなら、野江ちゃんはきっと大丈夫。澪はそう自身に言い聞かせて、解《ほど》いた襷《たすき》をきりりと結び直した。


「そう言やぁ、俺ぁ、花見ってやつに随分ご無沙汰《ぶさた》だぜ」

昼餉時を大分と過ぎ、客足が途絶えたのを見計らっての賄いの席で、種市が思い出したように言った。おりょうが太い指を胸の前で組んで、うっとりとした表情になる。

「あたしゃ一昨年《おととし》、亭主と太一《たいち》の三人で東叡山《とうえいざん》の桜を見に行ったのが最後ですかねぇ。枝垂《しだれ》桜がそりゃあ見事でしたよ。ご寮さんと澪ちゃんは、こっちへ出て来てから、お花見をしたことはあるのかい？」

おりょうの問いかけに、芳と澪は揃《そろ》って首を横に振った。

上方《かみがた》から江戸へ移り住んで二年。この二年は生きることに無我夢中で、とても桜を愛《め》でる心の余裕などなかった。

澪は、芳の視線がふっと夢見るように空に向けられるのに気付いた。

この季節、大坂では大川の両岸の桜が一斉に花開く。空を桜色に染め、それが川面に映って、この世の極楽のような光景だった。天満一兆庵では客に請《こ》われて花見の船を仕立て、優雅に両岸の桜を楽しんでもらうのが恒例であった。

ご寮さんとして船に同乗する芳を、澪は幾度か見送ったことがある。桜の花びらを一面に散らせた白緑の友禅がよく映って、大坂広しと言えども、これほどまでに姿の美しいご寮さんが他にあるだろうか、と誇らしい気持ちになったものだ。

今、芳の瞳が見ているのは、おそらく、当時の大川の桜なのだろう。

芳の胸中を慮《おもんぱか》って、澪はそっと視線を落とした。

「初午《はつうま》にこっちに店を開いて、働き詰めだったろ？　皆、そろそろ疲れが出ちまう頃だ。そこで俺ぁ考えたんだがよぅ」

種市がちらちらと澪と芳を見ながら、慎重に言い進め、あとは景気良く、こう声を張った。

「どうだろう、明日は店を閉めて、皆で花見へと繰り出そうじゃねぇか」

途端に、おりょうが重い身体を大きく弾ませる。

「旦那、お花見に連れてってくださるんですか？　まあまあ、何て嬉しいことだろうね。太一も連れてって良いですか？」

「おうとも」

「けど旦那さん、今日決めて明日お休みでは、お客さんが困りはるんと違いますか？」

芳が気遣《きづか》って種市に問うと、種市とおりょうが揃って首を横に振った。

「江戸っ子の花見好きはちょっとしたもんよ。花見が理由なら、大抵のこたぁ見逃してもらえるのさ。ご寮さんが気にするようなら、昼餉時が済んでから店を閉めたって良い」

よし決めた、明日は半日休みだ、と種市が言えば、おりょうが芳と澪にとびきりの笑顔を向ける。

「お花見はこの時期だけの娯楽だからね、張り紙一枚で『仕様がねぇなぁ』と許してもらえるんだよ。ああ、本当に楽しみだこと」

浮き浮きと心弾ませるふたりの様子に、澪と芳はそっと微笑《ほほえ》みを交わす。

「私、美味しいお弁当を作ります」

「ふきちゃんも喜ぶやろな」

その時、おいでなさいませ、とお客を迎えるふきの声が響いて、四人は慌ただしく立ち上がった。


翌日は、気持ち良く晴れ渡って、絶好の花見日和《びより》となった。

澪は仕込みの合間に、弁当の下拵えを整える。俵《たわら》に結んだ握り飯に、鰈《かれい》の塩焼き、玉子の巻焼き、豆腐田楽。厚めに剝いた独活《うど》の皮は金平《きんぴら》に、中身は若布《わかめ》と酢味噌《すみそ》和《あ》えにした。

おりょうと種市が時折り、澪の手もとを覗いては、ごくりと喉《のど》を鳴らす。その姿に、芳が楽しそうに肩を揺らした。

客が暖簾を潜り始める。おいでなさいませ、と迎えるふきの声が常《つね》に増して明るい。つる家の面々がお花見を心から楽しみにしている様子に、澪は、ちょっと背筋を伸ばした。野江のことを考え始めると、どうにも心に影が差すのだけれど、そのことと皆の楽しみとは別なのだ。青空の下でお弁当を開いた時に、わっ、と喜んでもらえるものにしよう、と澪は重箱の中を布巾《ふきん》で丁寧に拭った。

昼餉時を過ぎて、客足も止まり、そろそろ暖簾を終《しま》おうか、という頃。つる家の前に、荷物を振り分けにした、旅姿の男が立った。脇には樽《たる》を担いだ人足《にんそく》が控《ひか》えている。

「ごめんなせぇまし」

男は笠《かさ》を外すと、房州訛りの声を上げた。

おいでなさいませ、と迎えに出たふきが、若い男の顔を見て、あ、っと驚いた。大慌てで中へ駆け込み、奥に届くように声を張った。

「旦那さん、留吉さんです、流山の」

ふきの声に、内所で髭《ひげ》をあたっていた種市が、剃刀《かみそり》を手にしたまま、客の居なくなった座敷をあたふたと抜けて来た。

「こいつぁ驚いた、留さん、なかなかの男振りじゃねぇか。見違えちまったよぅ」

髪も綺麗に整えて、真新しい引廻《ひきまわ》し合羽《がっぱ》を纏《まと》っている留吉の肩を、種市は嬉しそうにぽんぽん、と叩く。そしてその腕を取ると、

「さあさあ、まあ上がってくんない。おっと、ふき坊、もう暖簾を終っちまいな」

と、ふたりを交互に見て、忙《せわ》しなく言った。

「ご寮さん、澪さん、それに皆さん、この通りです」

留吉は調理場の板敷に座るなり、全員に向かって深々と頭を下げた。そうして懐から大事そうに何かを取り出すと、すっと芳の前へ差し出した。

「相模屋店主、紋次郎からの文です」

手を差し伸べて受け取ると、芳は澪にも見えるように文を広げて読み始めた。種市とおりょうが脇から覗く。

そこには、留吉を助けてもらった礼に加え、澪から相模屋の味醂で「天下を取れる」と言われたことがどれほど励みとなったか知れない、ということ。そして、何より芳から大坂の料理屋を紹介してもらったことへの厚い感謝の気持ちが実直な筆で認《したた》められていた。

「店主は先に船で大坂へ向かいました。俺は主に言われて、これを届けに」

留吉は傍《かたわ》らに置いた樽を示した。

「今朝、搾り出した味醂だべ。つる家の料理に使ってもらえれば、これほど嬉しいことはねぇべよ」

緊張した口調から一転、房州訛りで言って、人懐っこい笑顔になった。

そいつぁありがてぇ、と種市が相好《そうごう》を崩す。おりょうは、お花見に誘いたいのにねぇ、と残念そうだ。ふきは、興味深そうに樽を眺め、澪と芳はもう一度、紋次郎の文に目を通し、良かった、良かった、と頷き合っている。

留吉が、ふいに着物の袖を眼に押しあてた。嗚咽を押し殺しているらしかった。暫くして、洟《はな》を啜《すす》りながら顔を上げると、板敷に両の手をついた。

「相模屋の旦那が白味醂作りに手ぇ出した時、周り中が嘲笑《あざわら》ったんだべ。すでにある白味醂を越えられるわけがない、と。相模屋の紋次郎はうつけ者だ、と。奉公人もひとり去り、ふたり去り、とうとう、下働きの俺だけになっちまったんだ。訛りが抜けねぇでろくに商いの口上《こうじょう》も言えねぇ、読み書きも出来ねぇ、この俺だけに」

苦労の末にやっと満足のいく白味醂を完成させたものの、相手にさえしてもらえない。そんな苦悩の中で、つる家の面々と知り合えたのだ。留吉にしても、また主の紋次郎にしても、どれほどありがたく、心強かったことだろう。澪は上方から江戸に来た頃の心細さを、留吉に重ねた。

ありがとうございました、と板敷に額を擦りつける主思いの留吉の姿に、種市やおりょうらもまた、そっと目を潤ませていた。

「そうだ、澪さんにこれを」

組橋まで見送りに出た澪に、留吉は、腰に下げた風呂敷を解いて、中のものを差し出した。竹皮のその包みから、ほの甘い香りが立つ。もしや、と思いながら澪は受け取って、慎重に開いた。

「まあ」

中身を見て、澪は満面の笑顔になった。大坂で「こぼれ梅」と呼んでいた、味醂粕だったのだ。

「覚えていてくださったんですね」

「当たり前だべさ。澪さんは俺の恩人だもの」

ほろほろと解れるこぼれ梅を、澪は指で摘まんで口に含んだ。味醂の甘い味がゆっくりと口中を満たしていく。澪は瞳を閉じてうっとりと舌の上の幸福を味わった。ふいに、野江を思う。野江にこのこぼれ梅を食べさせたい、と思う。

「あまり長く置かねぇ方が良いべよ。せっかくの香りが飛んじまうから」

上方から戻ったら、また持って来るべ、と留吉は澪に言い残して、組橋を渡って行った。澪は留吉の姿が見えなくなった後も、橋の上に佇《たたず》んでいた。

こぼれ梅を手に、春天を仰《あお》ぐ。

一羽の雲雀《ひばり》が良い声で囀《さえず》りながら、高く低く、楽しげに飛んでいる。あの雲雀になりたい、と澪は思う。雲雀になって吉原廓の野江のもとへ飛んでいきたい。

「澪」

なかなか戻らない澪を案じたのだろう、芳が橋の袂で呼んでいる。振り向いた娘の双眸が濡《ぬ》れていることに気付いて、芳はゆっくりと歩み寄った。

「ご寮《りょん》さん、これ」

澪が竹皮の包みを開いて見せると、芳が、まあ、と目を見張った。

「こぼれ梅やな。上方の者には何より懐かしい品や」

そう言って、芳は暫《しば》し、考え込んだ。

「澪、お前はん、これをあさひ太夫に食べてもらいたいのんと違うか？」

芳の口から太夫の名前が出たので、驚きのあまり、澪はこぼれ梅を取り落としそうになった。危ない、と芳がさっと竹皮を押さえる。

「気をつけなあかん、貴重なもんを」

「ご寮さん、どうしてあさひ太夫の名を」

澪の眼が零れ落ちそうに見開かれているのを見て、芳は気まずそうに視線を外す。

「去年の暮れ、又次さんが家を訪ねて来はったことがあったなあ」

又次が十両の小判と野江からの文を持って来た夜のことを言っているのだ、と気付いて、澪は息を飲んだ。あの時、ご寮さんはよく眠っておいでだと思っていたが……。

「済まなんだが、あの夜、話を聞いてしもた。せやさかい、あさひ太夫の正体が、お前はんの逢いたがってた幼馴染み、いうのも知ってる。先達《せんだつ》て又次さんが来てから、お前はんの様子がおかしいところを見ると、太夫の身に何ぞあったんやないかと案じてたのや」

ご寮さんには敵《かな》わない、と澪はその場に蹲《うずくま》った。芳には隠しておかなくても良い、という安堵が澪の心の緊張を解いた。

「酷い怪我をしたと、そう聞いて……」

顔を押さえて蹲る娘の傍らに、芳がゆっくりと腰を落とす。ほうか、怪我か、と沈んだ声で呟いたあと、芳は澪の背中に手を置いた。

「逢うことは無理でも、こぼれ梅を又次さんから渡してもらうことは出来るのと違うか？　持って行ってみたらどうや？　私は吉原の仕組みはよう知らんけど、それくらいなら何ぞ手立てがあるのと違うやろか」

芳の言葉に澪ははっと顔を上げた。

そう、この季節なら、女の身でも吉原へ入り込むことが出来るのだ。

「ご寮さん」

「こっちのことは私に任せて、このまま、行きなはれ」
くれぐれも気ぃつけてな、と言って、芳はゆっくりと膝を伸ばした。

走っては休み、走っては休み、昨夏、種市たちと行った吉原廓への道を急ぐ。それでも女の足では刻《とき》がかかり、陽が傾き出した頃に漸《ようや》く大門《おおもん》を潜ることが出来た。今度は切手を失《な》くさぬように、懐の奥深く、大切にしまう。

仲の町の入口に立つと、一番奥の水道尻《すいどじり》のあたりまで見通せた。中央には青竹を組んだ垣根が張り巡らされ、その中に八分咲きの桜がずらりと一列に植えられている。灯ともし頃までにはまだ間があるせいか、雪洞《ぼんぼり》の並ぶさまにも今ひとつ風情《ふぜい》がない。花見客も女子供が目立つが、思ったほど多くはなかった。澪は、大見世の建ち並ぶ江戸町一丁目を目指す。冷やかしの客をかき分け、目当ての翁屋の前に立った時にはさすがに足が震えた。

昼見世の終わる七つ（午後四時）まで、まだ少し間があるのか、朱塗り格子《ごうし》の奥に遊女たちが控えているのが見える。何処からか味噌汁の香りが漂《ただよ》っていて、それが見世の格調とそぐわない。

澪は慎重に周囲を探ると、裏手へ回った。廓の内側は想像もつかないけれど、又次のような料理人を抱えているのならば、少なくとも調理場があるはずなのだ。そこへ通じる勝手口を探すのだが、それらしいものを見つけられない。先ほどまで漂っていた味噌汁の匂いも消えていた。

「おい」

ふいに襟の後ろを摑まれて、悲鳴を上げる暇もなく、強い力で引き戻され、尻餅《しりもち》をつく。顎《あご》を乱暴に摑まれて、顔を上げさせられた。

「巽屋《たつみや》へ何の用事だ」

片目の潰《つぶ》れた若い男が、険《けわ》しい表情で澪を睨《にら》んでいる。

「様子が妙なんで見ていたが、手前《てめえ》みてぇな地女《じおんな》が巽屋へ何の用がある」

巽屋は、江戸町一丁目にある中見世で、大見世の翁屋はその隣りにある。どうやら男は、澪が巽屋を探っているものと思い違いをしているのだ。

恐ろしさに震えながら、翁屋の又次の名を出して良いものかどうか、澪は迷い、迷った勢いで両の眉が思いきり下がった。それを見て、険しかった男の表情がほんの少し和《やわ》らぐ。

「よもや手前から身を売りに来たわけじゃあるめぇな。歳を食い過ぎている上に、その貧乏臭い眉じゃあ売り物にはなるめぇよ」

余計なお世話だ、という台詞《せりふ》を澪はぐっと飲み込んだ。お蔭で、恐ろしいと思う気持ちが薄らいだ。その時だった。

「巽屋の、一体何の騒ぎだ」

背後から聞き覚えのある声がした。澪の顎を掴んでいた男は、こいつぁ翁屋の兄ぃ、と短く呼んで、慌てて立ち上がる。

「妙な女がうろうろしていやがったんで」

「妙な女?」

そう言って、前掛け姿の中年男が、中腰で澪の顔を覗き込んだ。澪が、両の眉を下げたまま、その顔を見返す。

中年男の正体は紛《まぎ》れもなく又次だった。澪を認めて、又次はうっ、と声を洩らす。

「何でぇ、兄ぃの知り合いか」

男の言葉が終わるか終わらないか、いきなり澪の頰がぱん、と鳴った。又次が澪を平手で思いきり打ったのだ。

「しつっこい女だぜ。こんなところまで俺に逢いに来やがって」

澪は打たれた頰を手で押さえながら、又次の意図をすぐに飲み込んだ。そやかて、と上方の訛りで応《こた》える。

「私《うち》を捨てへん、て言うたやないの」

とんだ愁嘆場《しゅうたんば》だな兄ぃ、と若い男がにやにやと又次に目を向ける。又次は懐に手を突っ込んで幾ばくかの銭を取り出すと、男の掌に握らせた。

「悪いが見逃してくんな」

若い男は潰れてない方の目で素早く銭を勘定すると、拝むようにして懐へ捻《ね》じ込む。

「兄ぃも隅に置けないぜ。まあ、しっぽり楽しんで来てくんな」

男はそう言うと、軽やかな足取りで去った。

「立てるか」

又次に手を貸されて、澪は立ち上がった。礼を言おうとした瞬間、強い力で抱き竦《すく》められる。驚いて身を固くする澪の耳に、又次が低い声で囁《ささや》いた。

「見られてる。このまま俺の言う通りにしてくんな」

又次の肩に顔を埋めながら、澪は視線を周囲に巡らせる。なるほど、路地の奥に消えたはずの男がひょっこりと顔を出し、怪しむ目でこちらを見ていた。中見世と大見世、という格の違いもある。何か少しでも翁屋の足を掬えることがあれば、と思っているのかも知れなかった。

「両の腕《かいな》を俺の背中へ回すんだ」

はい、と小さく返事をして、澪はおずおずと又次の背中へ手を回す。初めてのことで、澪の心の臓は、破れてしまいそうなほど激しく動悸《どうき》を打っている。

固く抱き合う又次と澪の姿に、やれやれ、と男は肩をすぼめて引っ込んだ。

消えました、と澪が言って、そっと又次から身を離す。膝は震え、背中にびっしょりと汗をかいていた。

「痛くして悪かった」

澪の赤く腫《は》れた頬を気にする又次に、それよりも、と澪は一番の気がかりを口にする。

「又次さん、あさひ太夫は」

言いかけた澪の口を、又次はさっと押さえた。鋭い視線で周囲を探っている。

あさひ太夫は翁屋の作り上げた架空の太夫。その建前を通すため、遊里の中で太夫の存在がおおっぴらになってはならない、ということに澪は今更《いまさら》ながら気付いた。

全身を刃物のように研《と》ぎ澄まして気配を探る男の姿に、澪は吉原が油断のならない場所であるのを思い知る。又次は、袂から手拭いを出すと頬被《ほおかむ》りで顔を隠した。

「ここでは話が出来ねぇ。ついて来な」

そうして澪は又次に肩を抱かれ、まるでわけのある男と女のように路地を抜け、裏通りへと向かった。

又次に連れて行かれた場所は、翁屋から離れた京町二丁目にある裏茶屋だった。麻の葉と水紋を組み込んだ衝立《ついたて》障子の奥には、布団《ふとん》がひと組、敷かれている。澪は両の眉を下げながら、すっと視線を外した。

又次は何も言わなかったが、吉原で働く者が利用する出合い茶屋のようなものなのだろう。隣室からは、啜り泣く女の声が洩れていた。

「又次さん、野江ちゃんの……あさひ太夫の具合はどうなんでしょう」

澪は、周囲を憚《はばか》って小さな声で問うた。

ほんの三、四日で様子がそう変わるわけも無ぇが、と前置きの上で又次は答える。

「それでも短ぇ間なら半身を起こすことは出来るようになった。何せ今は、若いが腕の立つ医者がついてるんで、安心しな」

ああ、やはり源斉先生だ、と澪はほっと安堵の息を吐いた。

「よもや、太夫に逢いに来たわけじゃあねぇな」

又次に言われて、澪は、はい、と頷いて袂から漉《す》き返し紙に包んだものを取り出した。紙を外して、竹皮の包みを又次に渡す。これは？　と又次の視線が問うている。

「大坂で幼い日に口にした、思い出の味です。これを又次さんから、あさひ太夫に渡してください」

「開けても良いか?」

澪が頷くのを見てから、又次は竹皮を開いた。そっと香りを嗅《か》いで、味醂の匂いがするが、と首を傾げた。

「味醂の搾り粕なんです。上方ではこれを『こぼれ梅』と呼んで、このまま、おやつやお茶受けに食べます。日持ちするものではないので、又次さんを待ち切れずに持って来ました」

「無茶しやがるぜ」

又次はほろりと苦く笑うと、丁寧に竹の皮を包み直して、袂に仕舞った。

それだけの遣《や》り取りを終えると、二人は慌ただしく座敷をあとにした。半暖簾を潜って路地に出て、そこから仲の町へと抜ける。いつの間にか桜の下の雪洞に灯が入り、吉原はこれから夜桜見物の刻を迎えようとしていた。来た時よりも遥かに増えた花見客で、押すな押すなの賑わいだ。

唐突に、又次が笑い出した。

「あんたも変な女だ」

「何がです？」

首を傾げる澪に、又次は着物の袂を示す。

「太夫にこれを食わせたい一心で、俺の情婦の振りはするは、一緒に裏茶屋へしけ込むは……。くに訛りで切り返された時は、何て恐ろしい女だと思ったぜ」

私を捨てへん、て言うたやないの。

自分の口から出た台詞ではあるけれど、思い返して澪は、今さらながら真っ赤になった。そんな澪の様子を見て、又次は、腹を抱えんばかりに笑っている。

「あんたほど肝《きも》の座った女はこの里でもそう居やしねぇぜ。地女にしとくのは勿体《もったい》ねぇや」

このひとでも、こんなに楽しそうに笑うのだ、と思うと澪の頬が自然に緩《ゆる》んだ。

咄嗟の芝居も、裏茶屋へついて行ったのも、野江の又次に寄せる信頼があればこそなのだ。このひとが傍に居るなら、野江の身に何が起きても大丈夫、と澪にはそう思えた。

おや、と又次がふいに足を止めて天を仰ぐ。

「嫌な空模様《そらもよう》だぜ」

常ならば、西の空が焼ける時刻でありながら、枝を伸ばした桜越しの春天は、妙に暗い。

耳を澄ませると、遠くでごろごろと雷の鳴る音がした。こいつぁ雨になりそうだな、と呟くと、又次は傍らの澪を見た。

「早く帰った方が良い」

はい、と澪は頷く。

人の流れに逆らって、ふたりは大門を目指す。早く帰れ、と言いながら、又次の足運びは徐々に遅くなっていた。不思議に思って澪がそっと様子を窺《うかが》うと、男は何か考え込んでいる様子だ。左手に揚屋町《あげやまち》が見えて来たところで、又次が、ふいに澪の腕を摑んで、青竹の垣根と垣根に出来た幅一間《けん》(約一・八メートル)ほどの空地に連れ込んだ。

「あんたに太夫を逢わせるわけにはいかねぇが、太夫には一目、一目だけでも、あんたを見せてやりてぇ」

低い声で呻くように言うと、又次は、何か心を決めたような眼差しで澪を見た。

「良いか、一遍しか言わねぇからよく覚えてくんな。桜の植え込みを囲む青垣は、用水桶の置かれる位置ごとに区切られていて、丁度このくらいの隙間が空いてる」

言われて、澪が視線を転じると、なるほど通りの両側に用水桶が置かれていた。

「この次の青垣の途切れ目だ。左手の用水桶に翁屋の名が書かれているから、すぐにわかるだろう。そこにもこれと同じ雪洞がある」

夜桜を下から照らすための雪洞を、顎で指し示しながら、又次は続けた。

「その雪洞の下に立っていちゃあくれめぇか。その位置からなら、手前に並ぶ引手茶《ひきて》屋の間から翁屋の二階座敷の窓が見えるはずだ。そこから翁屋が見えるってこたぁ、翁屋からも同じように見通せるってことさね」

澪は黙って又次を見上げて、あとの言葉を待つ。

「二階の隅の部屋の窓だ。何も聞かず、そこを見ていてくんな。障子があるから、あんたから太夫は見えねえ。ただ、太夫にあんたを見せたいだけなんだ」

又次はそう言うと、澪の返事を待たずに、ぱっと身を翻《ひるがえ》した。又次さん、と澪が呼ぶ隙も与えず、その姿は花見客の群れに飲まれて消えてしまった。

澪は、人波をかき分けて、次の青垣の切れ間に向かう。仲の町の通りと江戸町一丁目とが交差するあたりに、教えられた通りの空間があった。そのまま目を上に転じると、立ち並ぶ引手茶屋の隙間に、大見世の二階座敷の一部が覗いていた。

手前の引手茶屋では、二階の障子が取り外され、夜見世を前に遊女を待つ客たちが盃を片手に夜桜を眺めている。その隣りの茶屋では、仕度《したく》を終えて客を迎えに来た遊女が艶《あで》やかに談笑しているさまが見えた。両の茶屋の間から覗く翁屋の一番隅の部屋の障子は、固く閉ざされたまま。

あの部屋だろうか。

あそこに野江が居るのか。

「そこに立たれたんじゃ邪魔なんだよ」

不意に背後から声をかけられて、澪は驚いて飛び上がった。

すぐ後ろに、頭から薄汚れた手拭いを垂らした女が亡霊のように立っていた。もとは薄色だっただろう綿入れは、煮しめた色に変わり、はだけた胸もとから薄いあばら骨が覗く。

見せもんじゃないよ、と斬りつける口調で言った時、手拭いの間から発疹《ほっしん》だらけの顔が覗いた。悪い病に罹《かか》っていることは、澪の目にも明らかだった。

「おや、あたしが怖いのかえ?」

身を固くした澪に、女は、ひひひ、と前歯の欠けた口で笑ってみせる。

「あたしゃ、今でこそ河岸の切見世《きりみせ》女郎だが、昔はあそこで」

ついっ、と人差し指を翁屋の方へ向けると、女はうっとりと自身に言い聞かせるように、続けた。

「昔はあの翁屋で花魁《おいらん》と呼ばれたこともあったのさ。ただの遊女じゃなく、部屋持ちだよ」

年季は明けたが帰る場所もなく、歳も食って表通りの見世では雇ってもらえない。同じ吉原のどぶの臭《にお》いのする河岸見世で生きるよりないのだ、という意味のことを女は独り言のように呟く。

澪は、唇を引き結んで女の身の上を聞いていた。

「あんた、ここで良いひとと待ち合わせて、夜桜見物かえ？」

問いかけながら、澪の返事を待たず、女は、おしげりなんし、と言い置いて、ふらふらと仲の町の通りへ出る。

瘡毒《そうどく》持ちだ、と誰かが叫ぶ声がして、見物客の群れがふたつに割れた。そこを先の女がふらふらと、しかし悠々と歩いて行く。

女の後ろ姿に目をやりながら、澪は身体が震え出すのを止められない。両の腕で自身を抱いて、身体の震えを止めようとするも無駄だった。

その時、一斉に三味線《しゃみせん》の音が響き始めて、見物客の間からわっと歓声が上がった。吉原廓の夜見世の始まりを告げる、名物の「清掻《すがかき》」であった。

賑やかな清掻の鳴り響く中、雪洞の下に立ったまま、澪は、翁屋の二階座敷を見上げる。

「あ」

障子越しに、淡い光が洩れていた。室内の行灯《あんどん》に火が入ったのだろう。目を凝らすと、うっすらと人影が映り、固く閉ざされていたはずの障子が、僅《わず》かに二寸（約六センチ）ほど開いている。

野江だ、野江があそこに居るのだ。澪はその場で背伸びをして、中を覗こうとしたが果たせなかった。

――泣いてへんか
野江の言葉が蘇って、澪は無理にも奥歯を噛みしめて涙を堪える。

野江ちゃん。

思いきりその名を呼びたい。

あの部屋へ駆け込みたい。

どれも叶わぬことだけれど、せめて今は、涙を見せまい、と澪は奥歯をきつく、きつく噛みしめた。

――野江ちゃん、私、泣いてへんよ。もう泣かへんから
せめてそれだけを伝えたくて、澪は、咄嗟に右の指を狐の形に結んだ。そして、野

江の居るだろう二階座敷へ向けて、その手を差し伸べる。

涙は来ん、来ん。

胸の中で唱えながら、幼い日、そうしたように空で振ってみせる。

涙は来ん、来ん。

その刹那《せつな》。

障子の隙間から、そっと白い腕が差し出された。夜目にも真っ白な細い女の左腕。

その手の先が狐の形に結ばれる。

――涙は来ん、来ん
まるでそう囁くように、細い手が弱々しく振られた。

澪の双眸から堰を切ったように涙が溢れ、頬を伝い落ちる。それを拭うこともせずに、澪は自分も狐に結んだ手を振り続けた。

突如、蒼《あお》い稲妻が天を斜めに駆け、激しい雷鳴が轟《とどろ》く。間を置かずに天水桶《てんすいおけ》をひっくり返したようなどしゃ降りの雨となった。雪洞の灯が消え、夜桜の見物客たちは悲鳴を上げて逃げ惑う。そうした人々に押しのけられ、突き飛ばされて、澪は地面に両手をついた。

何とか立ち上がり、太い雨脚越しに翁屋の二階を見上げたが、既に灯《あか》りは失《う》せ、障子は閉じられていた。

雨足は激しさを増すばかりで、一向に止《や》む気配をみせない。先ほどまでの華やかな情景が夢かと思われるほど、仲の町の通りからひとの姿が消えてしまった。せっかく蕾を綻《ほころ》ばせた桜の花が、雨に叩かれて無残に散っている。地面に散って踏みつけられた桜が、先の河岸見世の遊女の姿に重なって見えた。

澪は顔を上げて、天を仰ぐ。

どうすれば友をこの境遇から取り戻せるのか、澪にはわからない。見上げる天はただ暗く、一条の光も見えなかった。それでも、と澪は思う。野江のためにも、そして自分自身のためにも、決して諦《あきら》めまい。

旭日昇天と、雲外蒼天。

ともに見上げる天は、ひとつのはずなのだ。

今は何の手立ても見えないけれど、いつかきっと、と自身に言い聞かせて、澪は顔を天へ向ける。激しい雨が、澪の涙を隠してくれていた。

一粒符《いちりゆうふ》——なめらか葛饅頭《くずまんじゆう》

卯月《うづき》に入り、町を行くひとびとの衣《ころも》から綿が抜かれ、袷《あわせ》となった。初夏とはいえ、早朝はまだ肌寒く、行き交《か》う姿は妙に縮んで見える。

金沢町から早足で歩き通して来た澪《みお》は、額《ひたい》にうっすらと浮いた汗を手の甲で拭《ぬぐ》った。

野江《のえ》のことを思うと胸の奥が絞られるように苦しい。けれど、料理に身を入れるしか、今の自分に出来ることはない。そう自身に言い聞かせて、一心に献立を考える。

旬《しゅん》を迎える筍《たけのこ》は、筍ご飯も良し、それとも木の芽和《あ》えにしようか。山椒《さんしょう》は初々《ういうい》しい木の芽のあと、花山椒が美味《おい》しい。こちらは少しの期間しか出回らないから、気を付けないと。

「おっと」

表神保小路《じんぼうこうじ》を抜けたところで、前から歩いて来た通行人と鉢合《はちあ》わせになった。

「気を付けよ」

侍に言われて澪は慌てて道を譲り、頭を下げる。泊まり番を終えての帰り道だろうか、軽々とした足取りで去っていく姿を見送って、澪は、ふと、小松原《こまつばら》を思う。

二月の初午《はつうま》に元飯田町《もといいだまち》に移って以来、まだ一度も小松原を見ない。化け物稲荷《いなり》に供えられている油揚げを見れば、息災であることは窺《うかが》われるのだが。

小松原さまは更衣《ころもがえ》をお忘れではないかしら？　うっかり綿入れを着たまま過ごされてはいないかしら？

そんなことを気にかける自身が可笑《おか》しくて、澪はほろりと笑った。

下がり眉《まゆ》、と呼ぶ声を聞かなくなって、随分と時が経《た》った気がする。澪は胸に芽生《めば》えた寂《さび》しさを払うように首を軽く振り、先の侍を真似《まね》て軽い足取りでまた歩き始めた。

「お澪坊！」

俎橋《まないたばし》を渡る澪の姿を見つけて、種市《たねいち》が、つる家の表から駆け寄った。

「大変なんだよぅ、昨日、小松原さまが」

小松原、という言葉に澪の心《しん》の臓《ぞう》は、どくんと跳ね上がる。澪は夢中で、種市の着物の襟《えり》もとを摑《つか》んでいた。

「小松原さまに何かあったんですか」

「く、苦しいよぅ、お澪坊」

店主に言われて、その襟首を締め上げていたことに気付き、澪ははっと手を放《はな》した。

済みません、済みません、と平謝りする娘に、種市はわざと唇《くちびる》を尖《とが》らせてみせる。

「年寄りは労《いた》わるもんだぜ」

勿体《もったい》をつけたあと、種市は、小松原が昨夜遅く、つる家を訪れたことを澪に告げた。

「俺が調理場でこっそり寝酒をやってたら、ひょいと勝手口から『親父《おやじ》、久しぶりだな』と入って来なすった。お澪坊は居ねぇし、二人してなめ味噌《みそ》をあてに一杯やったのさ」

六つ半（午後七時）過ぎには暖簾《のれん》を終《しま》う、と聞いた小松原、あからさまにがっかりしていたそうな。

そう言えば、神田御台所町《かんだおだいどころまち》に店があった時も、小松原が暖簾を潜《くぐ》るのは随分と遅く、最後の客であることも、しばしば。だとすれば、店で小松原と顔を合わせるのは、これから先も無理かも知れない。澪はそう思い、しおしおと両の眉を下げた。

「口惜《くちお》しいが旨《うま》かったぞ」

二階座敷の一番奥の席。またしてもわざわざ澪を呼びつけて、戯作者《げさくしゃ》の清右衛門《せいえもん》が綺麗《きれい》に骨だけになった器《うつわ》を顎《あご》で示す。めばるの煮付けに、蕗《ふき》の青煮を添えたものが載《の》っていた皿だ。

「ことに蕗が良い。鮮やかな色を殺さず、味濃く仕上げてあるのが、なかなか」

留吉《とめきち》の白味醂《しろみりん》を使った青煮を褒《ほ》められたことが嬉《うれ》しくて、澪は、ありがとうございます、と笑顔になった。

「それにしても勿体ない」

「何がでしょうか」

「これほどの料理を出しながら、酒は無い、夜は早終い、と来た。登龍楼《とりゅうろう》の嫌がらせも無くなった今、本腰を入れて商《あきな》いをせずにどうする気だ」

登龍楼の名が出たので、澪ははっと目を見張り、戯作者を見た。男はにたりと笑い、大きく鼻を鳴らす。

「ふん、わしは興味のあることは嗅《か》ぎまわる性質《たち》なのだ。それでなければ戯作など出来ぬわい。そう言えば、登龍楼の板長が替わったと聞いたぞ。つる家に悪さを仕掛けていたのは、やはり主《あるじ》の采女《うねめ》宗馬《そうま》ではなく、前の板長だったようだな」

澪はそれには返事をせずに、器をお下げします、と膳に手をかける。まあ待て、と清右衛門が娘を制した。

「この店の早終いの理由は、お前がわざわざ金沢町からここまで通っておるからだと聞いたぞ。この近くに住めば良いのに何故《なにゆえ》そうしない」

何故、と言われても。

両の眉を下げている澪に、清右衛門はさらにこう続ける。

「わしは戯作の傍《かたわ》らで、元飯田町の長屋の差配もしておるのだ。何なら、部屋を用意してやっても良いぞ」

この店のすぐ裏手だ、と清右衛門は今にも澪を引っ張って行きそうな勢いだ。澪が難儀している様子に、種市が慌てて飛んで来た。

その夜。

暖簾を終ってから、種市は澪と芳《よし》とを前に、こう切り出した。

「悪い話じゃ無《ね》ぇと俺ぁ思うよ。金沢町からここまで毎日のことだからなあ。ここに住んでくれても良いんだが、俺と一緒じゃあ気詰まりだろうし。すぐ裏手ならこっちも心強いさね」

種市の隣りで、ふきがこくこくと首を振っている。

つる家の近くに住めば、芳の身体《からだ》の負担も減るに違いない。また、夜遅くまで商いが出来る強みもある。それに、と澪は小松原の顔を思い浮かべて、大きく心が動くのを感じた。

「旦那《だんな》さん、そのお返事、暫《しばら》く待ってもらうわけには……」

芳が当惑した顔で、畳に両手をついた。

「金沢町の住まいには、おりょうさんや伊佐三《いさぞう》さん始め、心強いご近所さんが仰山《ぎょうさん》おってでおます。そこを去る心準備が簡単には出来んように思います」

「そりゃあそうだ。ご寮《りょん》さん、いやはや何とも申し訳ねぇ」

そう言って、店主は深々と頭を下げる。焼け出されたあと、短い間だが同じ裏店《うらだな》に住んだこともあり、周囲のひとびとの温かさは身に沁《し》みている種市なのだ。

主の言葉に、芳は安堵《あんど》した顔をみせた。

そんな芳の様子に、ご寮さんはあそこを離れたくないのだ、と澪は悟り、僅《わず》かに落胆している自身に気付いて、戸惑《とまど》うのだった。


前夜、澪も芳もなかなか寝付かれなかったせいか、その朝は珍しく揃《そろ》って寝坊してしまった。あとを芳に託《たく》して、慌てて家を出る。

「あら」

澪は路地で遊ぶ太一《たいち》の姿を見つけて、思わず声を洩《も》らした。太一が、年の頃七つ八つの、ついぞ見かけたことのない男の子と遊んでいるのだ。濃紺の袷は色褪《いろあ》せる気配もなく、つぎも当たっていない。後ろに背守りの亀甲紋《きっこうもん》が入っている。裏店の子とは明らかに違い、暮らし向きの豊かさが感じられた。

石で道に絵を描いて、何が嬉しいのか顔を見合わせてはにこにこと笑っている。言葉を交わさなくとも通じ合っている様子に、澪は頰《ほお》を緩《ゆる》める。男の子が、こんこん、と咳込《せきこ》むのが気になったが、それよりも久々に太一の笑顔が見られたことが嬉しかった。

澪は、太一がこちらに気付かないうちに、足早に路地を抜けてつる家へと急いだ。

「おかしなこともあるもんだよねえ」

澪が仕込みを終える頃に、調理場へ顔を出したおりょうが首を捻《ひね》っている。

「あたしゃ確かにこの目で、うちの太一が知らない子と遊んでいるのを見たんだけど」

「あら、私も見ましたよ。太一ちゃんと同い年くらいの男の子ですよね？」

澪が言うと、ああやっぱり、とおりょうがほっとした顔になった。

「そうだよねえ、なのに長屋のほかの誰もが、太一はずっとひとりで遊んでた、って言うんだよ。あたしゃ、あの子があんまり楽しそうなんで嬉しくなったんだけどさ」

「きっと、ふたりが遊んでいたのがそれほど長い時間じゃなかったからかも知れません。だって、相手の子、咳をしてましたし」

そうそう、こんこん言ってたねえ、とおりょうは少し眉を寄せる。

そこへ種市が、聞いたぜ聞いたぜ、と小躍りしながら入って来た。

「伊佐三さん、日本橋の伊勢屋久兵衛《いせやきゅうべえ》の普請《ふしん》を任されたんだってな」

伊勢屋久兵衛、と澪は繰り返し、首を傾《かし》げておりょうを見た。おりょうは、照れたように笑って、日本橋の両替商さ、と言う。

「そこの跡取り娘に縁談が持ち上がってるらしくて、離れを普請することになってね。親方を通じて、うちのひとに頼みたい、て話が来てるんだよ」

「お澪坊も名前くらい聞いたことがあるはずだぜ。何せ日本橋の中でも指折りの金持ちさね。そこの旦那が伊佐三さんの仕事を気に入って、じきじきの名指《なざ》しだってんだ。初の棟梁《とうりょう》仕事が伊勢屋の普請ってのは、大したもんだよぅ」

まあ、何てすてき、と澪は両の手をぱんと打ち鳴らした。腕の良い伊佐三がやっと広く認められることが、澪は自分のことのように嬉しかった。澪と種市の喜ぶ姿を見て、おりょうが小さく洟《はな》を啜《すす》った。

そんな会話を交わしてから、十日ほどが過ぎた、ある夜のこと。

店が引けて帰路についた澪と芳だが、昌平《しょうへい》橋を渡る時に、向こうから奇妙な一群がやって来るのを目にした。

戸板を運ぶ男たちに、啜り泣く女たち。

戸板の上にはすっぽりと筵《むしろ》がかけてあり、筵の上に濃紺の子供用の小さな袷が上下逆さに広げられている。暗い提灯《ちょうちん》の明かりに、その光景がゆらゆらと揺れて映った。

子供の亡骸《なきがら》だと悟った芳と澪がそっと道を譲る。おそらくはこれから亡骸を墓寺か菩提寺《ぼだいじ》に運び込むのであろう。頭《こうべ》を垂れ、手を合わせるふたりに、提灯を持って先導する男が丁寧に頭を下げた。そのまま目を伏せて葬列が過ぎるのを見送った澪だが、亡骸にかけられていた濃紺の袷が妙に心に残った。その背守りの亀甲紋をどこかで目にした覚えがある、と考え込んで、はっと顔を上げる。

そう、あの朝、太一と遊んでいた子供の着ていたものに似ているのだ。

「澪?」

遠ざかる葬列の提灯の明かりを、いつまでも見送っている澪を怪訝《けげん》に思ったのだろう、芳が心配そうに声をかけた。

「何ぞ気になることでもあるのんか?」

芳に問われて、澪は慌てて、いいえ、と首を横に振った。

暗い明かりの下で見れば、どんな着物もあんな色に見える。背守りも珍しいものではない。きっと気のせいだ。気のせいに決まっている、そう自身に言い聞かせた。

「ご寮さん、澪ちゃん、お疲れさん」

金沢町の裏店に着いた時、闇《やみ》の中からおりょうの声がした。井戸端《いどばた》で水を汲《く》んでいるのだ。こんな時刻に珍しい、と思いながら澪は芳に提灯を渡すと、おりょうに駆け寄った。

「お手伝いします」

桶《おけ》に手をかける澪に、おりょうは済まないねえ、と詫《わ》びる。

「太一がね、風邪《かぜ》みたいなんだよ」

まあ、と手にした提灯でおりょうの足元を照らしながら、芳が心配そうに言う。

「暑なったり寒なったり、この時期は厄介やさかい。太一ちゃん、どないな加減だす?」

「それがね、ご寮さん。咳とくしゃみだけだったのが、何だか熱っぽくなっちまってねえ。頭を冷やすと気持ち良いらしくてさ」

おりょうが板戸を開けると、薄暗い行灯《あんどん》の明かりの中で横たわる太一が見えた。顔を壁の方へ向けているために表情がわからないのだが、小さな身体が夜着《よぎ》の中で一層縮んで見える。澪は駆け寄って額に手を置きたくなるのをぐっと堪《こら》えた。

「おりょうさん、伊佐三さんは?」

小さな声で芳が問うと、仕事場へ泊まり込んでるんだよ、とおりょうも同じように小声で答えた。例の伊勢屋から離れの普請を急《せ》かされているのだそうな。

確かに名誉なことなんだけどさ、とおりょうは小さく吐息をつく。

「やっぱり、こんな時は居てほしいよ。たとえ無口な亭主でも、傍《そば》に居ると居ないとじゃあ大違いさ」

おりょうは言って、はっと芳の顔を見た。芳が夫を失っているのを思ったのだろう。芳はそれを察して、さり気なくおりょうの手を取った。

「何ぞ困ったことがあったら、遠慮せんと、何時《いつ》でも起こしておくれやす」

芳に手を取られながら、おりょうは、ありがとう、ありがとう、と繰り返す。

裏店の狭い路地から生温《なまぬる》い風が吹いて、太一の枕《まくら》もとの灯を危うげに揺らせた。


翌朝、太一の熱は下がり、一同をほっとさせたが、その日は大事を取っておりょうはつる家を休み、息子に付き添った。

そして、伊佐三が泊まりの仕事場から戻る、という日の夜明け前のこと。

薄い板戸が激しく叩《たた》かれて、おりょうの泣きそうな声が響いた。

「ご寮さん、澪ちゃん、済まないんだが、起きとくれでないか」

徒事《ただごと》でない様子に、澪も芳も飛び起きた。身仕度《みじたく》を整える間も惜しんで、急いで戸を開けると、おりょうが取り乱した様子でなだれ込んだ。

「太一の熱が普通じゃないんだ。身体が火みたいで燃えるようなんだよ。目なんか真っ赤で血溜《ちだ》まりみたいなのさ。あたしゃどうしたら良いのか。太一が、太一が」

芳はおりょうの肩を抱くようにして落ち着かせながら、澪を振り返った。

「澪、源斉《げんさい》先生を呼んで来なはれ、早《はよ》う」

芳がそう言い終える前に、既《すで》に澪は走りだしていた。

日の出はまだ遠く、頭上には濃紺の空が広がっている。それが先夜の亡骸にかけられていた着物を連想させて、澪は震え上がった。

太一ちゃんを連れて行かないで。

連れて行かないでください。

誰に頼んでいるのかわからないまま、澪はそう胸の中で繰り返して唱《とな》え続け、直走《ひたはし》る。旅籠《はたご》町はもう目の前だった。

太一の身体を丁寧に診《み》ていた源斉だが、口の中を覗《のぞ》くなり、その表情がたちまち険《けわ》しくなった。

「先生、太一は一体どうしちまったんですか」

おりょうが源斉に縋《すが》ろうとするのを、おりょうさん、と芳が優しく留《とど》める。

源斉が、身体ごとおりょうに向き直った。

「口の中にぽつぽつと白い水疱《すいほう》があります。もう少し様子を見てみないと」

源斉はそう言って、少し黙り込む。そこへ伊佐三が息を切らせて駆け込んで来た。

「太一」

身を投げ出すようにして、父親は息子に縋った。火のような身体で苦しそうにあえぐ息子の姿に、伊佐三はおろおろとうろたえるばかりだ。常にどっしりと落ち着いている伊佐三しか知らない澪は、それだけで事態の重さを思った。おりょうも伊佐三も冷静に対処できない、と読み取った源斉は、そっと芳を表へ誘った。澪も気になって、あとに続く。

「ご寮さんも澪さんも、麻疹《はしか》に罹《かか》られたことはありますか？」

源斉が低い囁《ささや》くような声で尋ねた。

では、太一は麻疹なのか、と芳と澪は青ざめた顔を見合わせる。

麻疹とは、疱瘡《ほうそう》と並んで恐れられる伝染病のひとつだった。初期は咳や鼻汁などの風邪に似た症状から始まるが、やがて高熱が続き、全身を発疹《ほっしん》が覆《おお》うようになる。無論、軽重の差はあるが俗に「疱瘡は器量定め、麻疹は命定め」と言われるほどに、命を落とす者の多い病《やまい》なのだ。

　これはとても大切なことだから、と源斉は、澪と芳の顔を交互に見て、さらに声を低めた。

「麻疹は確かに恐ろしい病ではありますが、一度罹ればもう恐れることはない。けれど、もしまだ罹患《りかん》していなければ、大変なことになります」

　源斉先生、と芳もまた低い声で答える。

「私は七つの頃に、澪は水害の翌年やさかい、確か九つで、麻疹は済ませています」

　芳の横で、澪もこっくりと頷《うなず》いてみせた。

　当時のことはよく覚えている。

　塗師《ぬし》だった父伊助《いすけ》が塗り箸《ばし》を納めていたのが縁で、ふた親を水害で失ったのちにその天満《てんま》一兆庵《いっちょうあん》に奉公することになった。その翌年、澪は、不運にも麻疹に罹ってしまったのだ。けれど、主《あるじ》、嘉平衛《かへえ》が医者に診せ、ご寮さんだった芳が親身になって看病してくれたおかげで治ることが出来た。病を得た奉公人は里へ帰されるか、店を出されることが多かったので、天満一兆庵の情のある計らいは珍しいことだった。

「ではおふたりとも罹っておられるのですね」

良かった、と源斉はほっとした顔になった。

「江戸でも十一年前に流行《はや》りましたから、それより上の年代の者はおそらくは大丈夫かと思うのですが……」

室内を気遣《きづか》いながら、源斉は、一旦《いったん》戻って薬を処方して来ます、と言った。

「お薬で治るんですね」

澪が安堵した声を上げると、医者は固い表情で首を横に振った。昔も今も、麻疹そのものに効《き》く薬というものは無く、ただ、本人が病を何とかやり過ごす以外に手はない、というのだ。

果たしてその日の昼前には、額と耳の後ろに発疹が現れ、それに伴って太一の熱はさらに上がった。

「やはり麻疹のようです」

源斉の診断に、伊佐三とおりょうは真っ青になった。

おりょうなどは源斉に取り縋り、

「先生、何とか太一を助けてください。お願いします、この通りです」

と涙ながらに訴《うった》える。

源斉は、出来る限りのことをします、と言ったが何処《どこ》か苦しげな面持ちだった。

太一が麻疹に罹った、という噂《うわさ》は狭い裏店中を駆け巡る。まだ幼い子供をかかえる親たちは、うつることを恐れて戸口に麻疹除《よ》けの札を張り、あるいは差配に頼んで部屋を移った。井戸に水を汲みにおりょうが姿を現すと、蜘蛛《くも》の子を散らすように逃げ惑う。

我が子を守るためには仕方のないこと、当然のこと、と頭ではわかりながら、澪はおりょうや伊佐三の気持ちを思うと、どうにも居たたまれなかった。けれど、当のふたりはそんなことを顧《かえり》みる余裕もないほどに、太一にかかりきりになっている。

初めは虫に刺された程度の小さな紅色の発疹が、刻《とき》が経《た》つにつれて発疹同士くっつき合い、全身に広がった。小さな身体が火のように熱い。意識は混濁し、何を言いたいのか、声の出ない口を動かしている。

親方に代わりを頼んだものの、日本橋の伊勢屋久兵衛方からは、棟梁仕事の催促の使いが幾度も来る。休むわけにもいかず、伊佐三は心を残しながらも仕事に行かねばならない。夜明け前に家を出て、夜更《よふ》けに帰る伊佐三を待ちながら、おりょうはずっと太一の看病に当たった。

「太一、太一、母ちゃんはここだよ」

枕もとに詰めたままのおりょうが、太一の燃える手を自分の掌《てのひら》で包み込んで、声をかけ続ける。ろくに食事も取らないおりょうのために、澪と芳はつる家に行く前と帰ってからの二度、お握りと味噌汁とを運んだがいずれも手をつけた様子がなかった。

幾日目かの早朝。

表へ現れた伊佐三を捕まえると、芳が懇願する口調で言った。

「伊佐三さん、このままやったらおりょうさんの方が倒れてしまいます。太一ちゃんの看病は私が替わりますよって、おりょうさんに休んでもろておくんなはれ」

落ち窪《くぼ》んだ目を伏せて、伊佐三は、しおしおと首を横に振ってみせる。

「お前が倒れちまったらどうする――そう幾度も言い聞かせちゃいるんだが、おりょうの奴ぁ聞く耳を持たないんでさぁ」

太一の傍を離れないおりょうを思って、澪は両の眉を下げる。伊佐三は、澪と芳とを交互に見て、

「ご寮さん、澪ちゃん、この通りだ」

と、ふたりに頭を下げた。

「今日は昼から半日、休みをもらって葛飾《かつしか》へ行ってくる。何刻に戻れるかわからねぇから、つる家の仕事の前後にこっちを覗いてやっちゃあくれめぇか」

葛飾、と芳は呟《つぶや》いて、澪と顔を見合わせた。江戸の地理にあまり詳《くわ》しくないふたりにも、かなり遠い場所というのはわかった。

どうしてそんなところへ、という疑問を汲み取ったのだろう、伊佐三は顔を上げた。

「葛飾の柴又《しばまた》に一粒符《いちりゅうふ》、てぇ護符を受けに行くのさ。何でも三十年ほど前に悪い病気が流行った時にご利益《りやく》があった護符だそうで、何としても太一に……」

言葉の途中で伊佐三は顔を背《そむ》けると、そのまま駆け足で路地を抜けて行った。

一粒符、一粒符、と口の中で幾度も繰り返していた種市が、ああ、と手を打ち鳴らした。

「柴又の帝釈天《たいしゃくてん》さまの護符のことさぁね。なるほど、確かにあそこの一粒符てぇお守りは病にご利益がある、てんで有名だ」

「遠いんでしょう?」

おずおずと尋ねる澪に、そうさなあ、と種市は頷いてみせた。

「まずは浅草へ出て、千住《せんじゅ》から水戸道へ入って新宿《にいじゅく》だろ、そこからまだ先だから……四里（約十六キロメートル）、いや、もうちょっとあるか」

四里として、大人の足で片道二刻（約四時間）。それを往復なのだ。昼から出かけたとしたら、戻るのは夜も遅くになるだろう。その間、太一は、それにおりょうは大丈夫だろうか。

「お澪坊、今日は鯵《あじ》をどうする?」

種市が、下拵《したごしら》えをする澪の手もとを覗いて尋ねた。

「膾《なます》にしようと思います」

これから旬を迎える鯵は煮ても焼いても美味しいけれど、今日は筍ご飯に合わせるので、名残りの金柑《きんかん》と合わせてさっぱりと膾にしようと思いついた澪である。そう言えば、又次《またじ》も金柑で膾を作ると言っていたから、江戸っ子の口にも合うに違いない。

そりゃあ旨そうだ、と喉《のど》を鳴らして種市、

「それなら俺が三枚に下ろして塩をするとこまで下拵えをしておくから、お澪坊、悪いがもう一遍《いっぺん》、金沢町に戻っちゃくれめぇか」

と、澪の手から包丁を取り上げる。

「ご寮さんに、今日はこっちは良いから、おりょうさんについていてやって欲しい、ってね」

そう伝えて来てくんな、と言われて、澪は、戸惑った顔で店主を見た。

種市の温かな気持ちは、澪には何よりもありがたかった。けれど、おりょうも居らず、芳も抜けるとなると、接客が種市ひとりの肩にのしかかってしまうのだ。

「大丈夫だよぅ」

種市は、ほろりと笑ってみせる。

「考えてもみなよ。御台所町の頃は、俺とお澪坊、ふたりきりで切り盛りしてたじゃねぇか。それに今は……」

おーい、ふき坊、と店主は声を張る。

はい、と元気の良い声がして、土間伝《づた》いに駆けて来るふきの下駄の音が軽やかに響いた。

だが、その日、つる家を訪れた客たちは、運び手がふたり欠けていることにすぐに気付いた。腰の悪い店主がよろよろと膳を運ぶ姿は黙って見ていられるものでもなく、

「仕様が無ぇなあ、こっちに寄越しな」

と、気の良いお客がお運びを買って出てくれる。汚れた器を下げるのはふきの役目で、それも前に澪に言われたことを守り、調理場には入らずに井戸端へ回って、そこで洗った。

「下足番《げそくばん》に待たされ、料理の注文に待たされ、支払いで待たされ。一体この店はどうなってんだよ」

中にはそう怒鳴るお客も居て、その度《たび》に種市は悪い腰を折り曲げて詫び倒した。それでも、鰺に金柑を合わせた膾の味は絶品で、

「こんな旨《うめ》ぇもんを出されたんじゃあ、文句も言えめぇよ」

と、勘忍してくれるお客が殆《ほとん》どだった。

しかしそれは、商いとしては褒められたことではない。澪は調理場でお客に向かって手を合わせていた。

「澪姉さん」

夕餉時《ゆうげどき》を過ぎ、漸《よう》く客足も止まってほっとしていた時に、間仕切り越しにふきが控《ひか》えめに澪を呼んだ。

ふきの後ろに、見たことのある男が立っている。あら、と澪は声を洩らした。

「口入《くちい》れ屋の……」

「澪さん、でしたね。その節はどうも」

中年の男は腰低く、一礼してみせる。ふきが登龍楼の人間であることを隠して、つる家に斡旋《あっせん》した口入れ屋の店主、孝介《こうすけ》だった。

たまたま食事に来て、今日の事態を知った、という孝介は、茶屋で働いた経験のある女をひとり寄越しましょう、と提案する。

「この前の埋め合わせを、と思いましてね」

でも、と澪は口ごもった。

決めるのは店主の種市だが、それにしても、いつまで手伝いが必要で、いつから不要になるのか、今はわからない。そんなあやふやな条件で働いてもらうのはあまりに酷だ。

「それなら心配無用です」

口入れ屋は大らかに笑う。

「道楽で働きたいだけの、暮らし向きの心配のない年寄りです。まあ、歳《とし》は食っちゃいますが、これほど身元の確かな女は居ません。何だったら給金だって要《い》らないくらいです」

あまりに話がうま過ぎる。

もしやまた登龍楼の差し金か、と澪が身構えたのを見て、孝介はぼりぼりと頭を掻《か》いた。

「参ったなあ、今度ばかりは信じてください。何故《なぜ》ってその年寄りは私の母親なんですから」

明日、連れて来ます、と言い置いて男は帰って行った。

「ふきちゃんは、あの口入れ屋さんとは前からの知り合いだったのよね？　もしかして、明日連れて来る、というそのお婆《ばあ》さんを知っているかしら？」

澪に問われて、ふきは、はい、と頷いた。

「りうさん、あ、お婆さんの名前です。あたし、小さい時から怖くて、りうさんと話したことはないです」

「怖い？」

澪は眉根を寄せて考え込む。

ふきが怖がる、というのは余程のことだ。今、この大変な時期に気を遣う相手と働くのは、何とも辛《つら》い。どうしたものか、と澪がそう思った時だ。

ふきはきょろきょろと周囲を見回すと、声を落としてこう続けた。

「りうさん、歯が上も下も全部無いんです。なのに、固いお煎餅《せんべい》でも何でも、ばりばり食べるんです。あたし、怖くて怖くて」

まあ、と絶句する澪に、ふきはさらに言い募《つの》る。

「小さい頃は、あの歯のない口で、頭からばりばり食べられてしまう夢を見て、よくうなされたんです」

だから、あたし怖くて、とふきはぶるっと身を震わせた。

澪は、ぷっと吹き出したあと、堪《たま》らなくなって声を立てて笑い転げる。野江と太一のことで胸に重石《おもし》を抱えていたはずが、ほんの一瞬、それを忘れた。笑い過ぎて目尻《めじり》に溜まった涙を指の先で拭うと、色々なことで萎《な》えていた心と身体がぐんと軽くなるのを感じた。

長かった一日が終わり、澪は駆け足で裏店に戻った。我が家の明かりは無く、おりょうの家の戸口の隙間《すきま》から弱い灯が洩れていた。芳もそちらへ詰めているのだろう。澪は太一の容態を尋ねに行く前に、冷たい水で顔と手を洗っておこう、と思い、井戸端へ向かった。

足もとに月の影が出来ている。天を仰《あお》ぐと、少し欠けた優しい姿の月が浮かぶ。思いがけず明るい夜だ。俎橋からここまで駆け通して、空を見上げる余裕も、月の明るさに心魅《ひ》かれる余裕もなかった。澪は井戸水を汲む手を止めて、ほっとひとつ、溜め息をついた。

その時、重く引き摺《ず》るような足音が聞こえて、澪はそちらへ顔を向けた。

月明かりの下、伊佐三の姿が目に入る。常《つね》はがっしりとした如何《いか》にも頼り甲斐《がい》のある大きな身体が、一回りも二回りも萎《しぼ》んで見えた。

伊佐三は家の前で足を止め、様子を窺うとそのままこちらへ向かって来る。

澪ちゃんかい、と疲れを押し隠した声が響いた。お帰りなさい、と答えながら澪は脇へ寄って、井戸を伊佐三のために譲った。

「遅くなっちまった。澪ちゃんも今かい?」

そう言って伊佐三は、草履《ぞうり》を脱いでから井戸の水を汲み上げる。何気なくその所作《しょさ》を見ていた澪は、伊佐三の足の裏が草履を履《は》いていたにも拘《かかわ》らず、泥に塗《まみ》れて真っ黒になっていることに気付いた。

伊佐三は、井戸水で足の泥をざっと流すと、腰に挟んだ手拭いを抜き取った。そうして足の裏を片方ずつ丁寧に拭う。

裸足《はだし》になって何処《どこ》かを歩いたのだろうか。ぼんやり眺めていた澪の脳裏に、ふいに、幼い日に見た父伊助の姿が浮かんだ。

澪の下に宿った子が流れてしまい、母わかが生死の境を彷徨《さまよ》っていた時のことだ。父伊助は澪を連れて、夜、御津《みつ》八幡宮へと走った。四ッ橋の住まいからほど近いその神社は、わかが安産祈願でよく訪れていた社《やしろ》だった。

「ええか、澪、お前もここで一緒に手ぇ合わすんやで」

本殿の階段の脇へ澪を下ろすと、父は草履を脱いで裸足になった。そうして本殿の周囲を裸足のまま巡り、一周するごとに手を合わせ、深く頭を垂れて祈る。

幼な心に暗い夜の八幡宮は恐ろしかったけれども、頭上に迫る暗い空も、境内《けいだい》の楠《くすのき》の影も、どれもしんと父伊助の願い事に耳を傾けていてくれるような、不思議な感じを覚えた。

お百度参り、という名前を知ったのは、もう少し大きくなってからだったが、そうやって命乞《いのちご》いをする父の姿を澪は今も鮮やかに思い出すことができる。その回想の中の父の姿が、伊佐三に重なって見えた。

太一ちゃんのためにお百度を……。

澪は、きゅっと唇を引き結んで、伊佐三の足元に身を屈めた。袂《たもと》から手拭いを引き出すと、洗い残された足の泥を拭う。

手拭いが汚れちまうじゃねぇか、と伊佐三がうろたえていた。

一粒符は、その名の通り、極《きわ》めて小さな粒状の護符で、綺麗な紅色をしている。広げられた薄紙の上に、その護符が五つ。少しの風でも飛んでしまうのではないか、と澪は先刻から部屋の片隅でじっと息を殺していた。

「さ、太一、飲むんだ」

父親に抱き起こされて、太一はひどくむずかった。赤い腹掛けから覗く胸に肩、それに首や顔や手足、至る所に発疹が広がっている。

伊佐三は一粒符を太い指で慎重に摘《つ》まむと、嫌がる太一の口へ無理にもひと粒含ませた。懐《ふところ》から竹筒を取り出すと、

「帝釈天さまから汲んで来た水だ。むせねぇように、ゆっくり飲みな」

と、中身を静かに息子の口へ注《そそ》ぐ。口の中に出来た水疱が痛むのか、太一は顔をしかめて、それでも何とか飲み下した。

「よし、良い子だ」

伊佐三は言って、太一を横たえる。おりょうがすぐに太一の額に手を置いて、その耳もとに囁いた。

「太一、良かったねえ。これできっと元気になれるからね」

澪と芳とが暇《いとま》を告げて表へ出ると、丁度、夜四つ（午後十時）の鐘が鳴り始めたところだった。

「ご寮さん、澪ちゃん、色々と迷惑をかけ通しで、どう詫びたら良いのか……」

ふたりを送って表へ出て、おりょうが深々と頭を下げる。

「止《や》めとくれやす、そんな水臭い」

慌てて芳がおりょうを制した。

「伊佐三さんとおりょうさん、おふたりには今までどれほど助けてもろたか知れませんのや。まずは太一ちゃんが元気になってくれはるためやったら、どないなことかてさしてもらいたいんだす。変な遠慮は止めとくれやす」

芳の傍らで、澪もこっくりと頷いてみせる。

二年前に江戸へ出て来た時には、誰一人として頼るべきひとが居なかった。嘉兵衛を失い、病弱の芳とふたり、心細い毎日を送っていたのだ。それがこの裏店で伊佐三おりょう夫婦と知り合い、陰になり日向《ひなた》になり支えてもらっての今日がある。

「つる家の旦那さんからも、明日もおりょうさんとご寮さんに休んでもらってくれ、と伝言を頼まれてるんです」

助っ人の手配も済んでいることを話すと、おりょうも芳もほっとした顔になる。ありがとうよ、ご寮さん、澪ちゃん、と言いながら、おりょうは洟を啜りあげた。

翌朝早くに、源斉が太一の診察に訪れた。太一の両眼《め》は相変わらず血のように赤く、やにが固まって目を塞《ふさ》いでいる。それを丁寧に拭いながら、源斉は、

「少し息が楽そうですね」

と、ほっとしたように言った。

熱は相変わらず高く、発疹も消える気配さえない。けれども今日まで何ひとつ良い兆候が見えなかったので、息が楽そうだ、という源斉の言葉に、両親も、芳と澪も、一斉に安堵の息を吐いた。

「俺も餓鬼《がき》の頃に罹ったはずなんだが、覚えてないもんだから、どうにもおろおろしちまって」

伊佐三が言えば、おりょうもまた、

「あたしゃ自分が罹ったかどうかも覚えちゃいませんよ」

と、久々に笑顔になった。

覚えていない？　と源斉が僅かに眉根を寄せて、おりょうを見た。

「おりょうさん、最初にお尋ねした時は、子供の頃に罹った、と仰《おっしゃ》っていましたよね？」

温和な源斉にしては珍しく、詰問口調だった。おりょうは気まずそうに俯《うつむ》いて、いえね、源斉先生、と着物の袖《そで》を弄《いじ》りながら答える。

「あたしゃ八人兄弟の末っ子なんですよ。そんなに子沢山《こだくさん》だと、親も子も、誰がいつ麻疹をやったか、やってないか、よく覚えちゃいないんです」

「すぐ上のご兄弟とは幾つ違うのですか?」

「五つ違いで、確かあたしが生まれてすぐの頃に、その姉が麻疹《はしか》をやった、と言うのは聞き覚えがあるんですがねえ」

源斉の表情が、見る間に険しくなっていく。

「おりょうさん、太一ちゃんの看病はご寮さんに任せて、あなたはここを離れてください」

えっ、とおりょうが腰を浮かせる。

先生、そいつぁ一体、と伊佐三が困惑した声を上げた。

もしまだ罹患していなければ、大変なことになる――以前、源斉から聞いた言葉を思い返して、澪は青ざめる。

源斉は、おりょうと伊佐三に向き直ると、太一を気遣ってか、低い声で言った。

「麻疹はうつる力の強い病ですが、生まれて半年までなら罹患しません。おりょうさんは、ご兄弟が麻疹になっても免《まぬが》れておられるかも知れない」

十一年前に江戸で麻疹が蔓延《まんえん》した時にも罹患を免れているのならば、太一の麻疹がおりょうにうつる可能性は極めて高い。

「大人が麻疹にかかると、厄介《やっかい》なんです。へたをすると太一ちゃんよりも、もっと大変なことになるかも知れない。ですから、一刻も早く太一ちゃんから離れた方が良いんです」

ご寮さんのところへお願いできますか、と源斉から言われて、芳は、勿論《もちろん》だす、と頷いてみせた。

「おりょう、太一のことはこっちに任せて、源斉先生の仰るように、ご寮さんとこへ行ったが良い」

おろおろと伊佐三は、おりょうの腕を引っ張った。お前さん、落ち着いとくれ、とおりょうは言って、伊佐三の手を払う。そして大きな身体ごと青年医者に向き直った。

「源斉先生、あたしゃは太一の傍を離れるつもりはありゃしませんよ。それに、もし太一の麻疹がうつるもんなら、もうとっくにうつってるでしょう。今さら離れても無駄ってもんです」

おりょうの言うのは道理だったのだろう、源斉は、ううむ、と低く唸《うな》って難しい顔で腕を組んだ。

それまで目を閉じていた太一が、瞳《ひとみ》を開き、おりょうを探す仕草をした。

「太一、母ちゃんはここだよ」

優しい声で言って、おりょうは太一の方へ身体を寄せると、その小さな頬にそっと触れる。母の掌が心地良いのか、太一は安心した顔で、また瞳を閉じた。

「口入れ屋の気持ちはありがてぇんだが」

調理場から座敷の方をそっと覗いて、種市がぶつぶつと零《こぼ》している。澪はそれが気になって、擂《す》り鉢で木の芽を擂る手を止めた。

「旦那さん、一体、どうしたんですか？」

「あれを見てみなよ、お澪坊」

顎で座敷を示すと、種市は深々と溜め息をついた。澪がひょいと覗いてみると、座敷の飾り棚に花を生けている老婆の姿があった。腰が二つに折れたかと思うほどに曲がっていて、こちらからだと腰から下しか見えない。

「りうさんでしょう？」

朝一番で引き合わせは済んでいる。齢《よわい》七十五と聞いたが、若い頃によく働いたのだろう、身のこなしも思いのほか軽やかで、澪は内心ほっとしていた。

「何の因果かねぇ」

つる家の主はしょげたように首を振った。

「何もよりによって、あんなのを寄越さなくても良いじゃねぇか。古漬けの沢庵《たくあん》みてぇに皺《しわ》くちゃ、歯は無ぇ、腰は曲がってる、婆さんの見本市じゃあ無ぇんだ」

俺ぁ、もっと若い娘が良かったのによぅ、と種市は心底、哀《かな》しそうに言った。

「婆さんの見本市で悪うござんしたね」

突然りうが、くるりとこちらに向き直った。

種市が、ひゃっと声を上げて尻餅《しりもち》をつく。

「き、聞こえちまったのか」

「旦那さん、あたしゃ耳は良いんですよ。それと陰口は好きじゃないんでね」

ふがふがと言うと、りうは歯の無い口を大きく開けて笑ってみせた。頑丈そうな歯茎が覗いている。

あの口で煎餅をばりばりと……。

澪は、ふきの言葉を思い出して、あわや吹き出しそうになる。いけない、と何とか神妙な顔を作って、旦那さん、大丈夫ですか、と尻餅をついたままの店主に手を差し出した。

ふと、ふきはと見ると、入口に続く土間からこっそり、こちらの様子を窺っている。

それがまたおかしくて、澪は笑いを堪え過ぎて痛くなったお腹《なか》を押さえて蹲《うずくま》った。

「どうした、お澪坊、大丈夫か」

種市が慌てて、澪の顔を覗き込む。

「おやまあ、この店は皆、どうかしてますよ」

りうが言って、土間へ降りると澪の傍へ駆け寄った。

「これから店を開けるって時に、料理人が腹具合を悪くしてどうするんです」

背筋を伸ばしてしゃんとなさい、とりうは澪の背中をばん、と勢いよく叩いた。とても老人とは思えぬほどの力だった。

「気合いが入りました」

目尻に溜まった笑い涙を払って、澪は、りうに一礼してみせる。このところ心配事が増えて沈みがちだった気持ちが、ふわりと軽くなった。この気持ちのまま、今日も美味しい料理を作ろう、と澪はもう一度背筋を伸ばした。

この日、つる家の献立は、筍の木の芽和えに、独活《うど》の吸い物、鱚《きす》の桜干し、花山椒の佃煮《つくだに》を添えた白飯を用意した。花山椒は今日を逃すともう出せない、とびきり短い旬の味だ。

暖簾を出すと、馴染《なじ》みの客たちが待ちかねたように座敷へと上がって来る。腰が曲がって二つ折れになったりうが注文を取りに行くと、ほとんどの客がぎょっとして目を剝《む》いた。

「おい、この店ぁ何時《いつ》から化け物小屋になったんだ」

口の悪いお客が声高に言っている。

「化け物小屋なら見物料を頂きますよ。ただで拝めるんだから、お客さん、得しましたね」

ふがふがと言って、りうは存外、軽々と膳を運ぶ。茶屋勤めが長かった、と聞いていたが、なるほど汁物なども全《まった》く零すことなく、巧《たく》みに運ぶさまには目を奪われる。

また、一度に大勢の注文を受けても、決して間違えることはなかった。

そうなるとお客の方でもりうに一目《いちもく》置くようになる。

「婆さん、今日の飯は格別に旨かったぜ」

「ありがとうございます、料理人に伝えます」

「まったく、この店は良い店だな、婆さん」

「今後もご贔屓《ひいき》に頼みますよ」

そんな会話が店内に響き、種市が堪らず、

「店主は俺だよぅ」

と情け無さそうに言って、客たちを笑わせた。

夜、金沢町の裏店の路地に入ると、澪はまず、おりょうの家の前に立って、そっと様子を窺った。こんこん、と軽い咳が聞こえる。

おりょうさん、と小さな声で呼ぶと、みしみしと板敷が鳴って、じきに引き戸が開いた。

「澪ちゃん、今かい。お帰り」

「遅くにごめんなさい。おりょうさんにこれを、と思って」

澪は大切に胸に抱《かか》えて来た経木《きょうぎ》の包みを、おりょうに差し出した。

「花山椒の佃煮なんです。少ししか入ってないのだけど、旦那さんに許してもらって、店で出した残りをもらって来ました」

山椒には毒消しの効能があるから、おりょうに食べてもらいたかった。

ありがとう、とおりょうは包みを手に、澪を拝んでみせる。おりょうの肩越しに室内を覗くと、太一が顔をこちら側にして眠っているのが見えた。伊佐三は今夜もまだらしい。

「さっきまでご寮さんが居てくれてね」

心強いことさ、と言いながらおりょうは、顔を背けてこんこん、と軽く咳をした。

太一の麻疹《はしか》も始めは咳からだったことを思い返し、澪は、背筋にひんやりとしたものを感じる。

おりょうに大丈夫か尋ねようとして、口を開きかけたが、とどまった。太一が目を開けてこちらをじっと見ていることに気付いたからだ。お大事に、とだけ言って、おりょうに頭を下げる。

向かいの部屋へ戻ると、芳が土間に置いた七輪の前で蹲《うずくま》っていた。豆を煎《い》る香ばしい匂《にお》いが漂っている。

「ああ、お帰り、澪」

「ご寮《りょん》さん、黒豆ですか？」

「きな粉にして、おりょうさんに食べてもらおかと思て」

煎り鍋《なべ》を揺すって豆の様子を見ながら、芳が少し沈んだ声で答えた。麻疹除けには黒豆が効く、と広く信じられている。芳の気持ちが透《す》けて見えた気がして、澪は黙り込んだ。

夜も更けてしんと静まり返った中、向かいの部屋から、こんこんと咳込む声が響く。その度に、澪も芳もぎくりと身を固くするのだった。

不運にもふたりの不安が現実のものとなったのは、その翌朝のことだった。

「ご寮さん、澪ちゃん、済まねぇが起きちゃくれめぇか」

　明け六つ（午前六時）の鐘が鳴る前に、板戸を叩きながら伊佐三が呼んでいる。夜着の中で既に目覚めていた澪と芳は、その声に慌てて起き出した。ふたりが出て来るのを待ちきれないのだろう、板戸越し、伊佐三が早口で言った。

「おりょうの様子が変なんだ。本人は風邪だから平気だと抜かしやがるが、目が真っ赤だ」

　澪と芳は、同時に、はっと息を飲む。やはり、という思いが強かった。

「私、源斉先生を呼んで来ます」

　澪が下駄に足を突っ込みながら引き戸を開ける。薄闇の中で、やつれた顔の伊佐三が立っていた。

「済まねぇ。俺はこれから普請場へ行かなくちゃならねぇんだ」

　そんな、と澪は珍しく両の眉を吊《つ》り上げて伊佐三に詰め寄る。

「こんな時くらい、おりょうさんの傍に居てあげてください」

　そいつぁ無理だ、と伊佐三は首を振った。

「棟梁の俺が抜けたら、普請は進まねぇ。伊勢屋久兵衛との間に入ってくれた親方の顔を潰《つぶ》すことにもなっちまう」

「八兵衛《はちべえ》だか久兵衛だか知りませんが、そんなのとおりょうさんとどっちが」

言い募る澪の言葉を遮《さえぎ》るように、その腕を芳が強く引いた。

「ええから源斉先生を早う呼んで来なはれ」

その言葉にはっと我に返り、澪はだっと駆け出す。あとのことは私が、と伊佐三に言っている芳の声が背後で聞こえていた。


ふたつ並べられた布団《ふとん》に、太一とおりょうが寝かされている。

「源斉先生、あたしゃ風邪ですよね」

口の中を覗いている源斉に、おりょうが不明瞭《ふめいりよう》な声で聞いた。その目は、血溜まりかと思うほど真っ赤に充血している。源斉の傍らに控えていた芳が、おりょうさん、静かに、とそっと首を振ってみせた。

「麻疹《はしか》のようですね」

出来る限りおりょうの受ける衝撃を和《やわ》らげようと心を砕いているのだろう、源斉の口調はとても穏《おだ》やかで優しい。

「麻疹は、ひとによって症状の重い軽いがあります。おりょうさんは体力もあるから、麻疹の方でじきに退散してくれますよ。けれど、それまでは決して無理をせず、充分に養生《ようじよう》してください」

はい、とおりょうはほっとした顔で頷いてみせた。そうして先ほどから隣りで震えている太一の背中を撫《な》で始めた。

「太一、聞いたろ？　母ちゃんはじきに良くなるから大丈夫だよ」

澪が用意した手桶の水で手を濯《すす》いだあと、送ってもらう振りをして、源斉はさり気なく芳と澪を外へと導いた。話し声が太一やおりょうに届かない距離まで離れると、一転して難しい顔で、いけません、と呟く。

「既に白い水疱が頰の内側に広がっています。おそらく、これから高い熱が出るでしょう」

芳も澪も青ざめて、医師の言葉を聞いている。源斉は暫く考えて、芳に向き直った。

「ご寮さん、おりょうさんの熱が高くなったら、太一ちゃんをそちらで休ませるようにしてもらえませんか？」

今、ふたりを引き離してはどちらにも良くない。けれど、おりょうの状態が悪くなれば、養生に専念させねばならないのだ、と医師は説明した。

任せておくれやす、と芳は深く頷く。

「おりょうさんに元気になって頂くためやったら、何でもさしてもらいます」

「太一ちゃんの熱は下がり始めましたから、おそらくこれから快方へ向かうでしょう。

充分に滋養のあるものを取らせてください」

源斉は、今度は澪を見て言葉を続けた。

「水疱は消えましたが、口の中が随分荒れています。痛いと、あまり食べたがらないかも知れませんが、食べることでしか体力は回復しませんから、よろしくお願いします」

はい、と澪は源斉の目を見てしっかりと頷いた。

こういう時にはやはり玉子が良い。茶碗蒸《ちゃわんむ》しを冷ましたものなら、つるんと喉に入ってくれるだろう。源斉の背中を見送りながら、澪は太一の分とおりょうの分、ふたつを作っておこうと決めた。

「澪、そろそろ出かけなあかん」

棒手振《ぼてふ》りから玉子を買っている娘に、芳は気ぜわしく声をかける。

「いつもより大分と遅いで。つる家の旦那さんも心配してはるやろ」

仕込みが遅れたら料理にも影響する、と心配する芳に、澪は、玉子を大事そうに抱えながら言った。

「今日は太一ちゃんとおりょうさんに食べてもらうものを作ってから出ます」

それを聞いて、芳が厳しい顔になった。

「澪、それは違う。お前《ま》はんはつる家の料理人だすで。料理人としての務めを果たさんでどないするんだす」

けどご寮さん、と澪は、珍しく芳に食い下がった。

「こういう時だからこそ、少しでもおりょうさんのお役に立ちたいと思います。伊佐三さんもお留守のことですし、せめて私は傍に」

芳は暫く黙って、澪をじっと見つめた。澪は芳の視線を受け止めていたが、段々、苦しくなって自分からそっと目を逸《そ》らせる。

芳は、ゆっくりと口を開いた。

「お前はんは伊佐三さんがおりょうさんを置いて仕事に行くのを責めてたけれど、それは違う。代わりの効かん仕事で身内の病を言い訳にするんは、職人としての恥。伊佐三さんはそのことをよう弁《わきま》えてはるのや」

淡々とした口調で、芳は続ける。

「お前はんの料理を楽しみに足を運んでくださるお客さんに、心を尽くした料理を出さん。その理由がおりょうさんのことやとしたら、おりょうさんはどない思わはるやろか」

芳の言葉が心に刺さり、澪は、ぐっと唇を嚙《か》んだ。確かに、芳の言う通りだった。

澪が自分のために料理を疎《おろそ》かにした、と聞けば、おりょうはどれほど胸を痛めるだろう。伊佐三のことにしてもそうなのだ。伊佐三があとを芳に託して普請場へ行ったからこそ、逆におりょうは安堵できるのだろう。

「お銭《あし》出して料理を食べてくれはるひとに、下手な言い訳はしたらあかん。料理人の勝手な都合は、料理にも、ましてやお客さんにも全く関係のないことなんやで」

それは、嘉兵衛の口癖だった。澪には、芳の言葉に亡き主の声が被《かぶ》って聞こえる。

ああ、そうだ、大切なことを自分は忘れていた、と澪は項垂《うなだ》れる。

至りませんでした、と深く頭を下げると、澪は玉子を芳に託して駆け出した。


「何だって、おりょうさんが？」

種市が驚いた顔で聞き返す。

「そいつぁ間違いのない話なのかい、お澪坊」

ええ、と豌豆《えんどう》を鞘《さや》から外《はず》す手を止めないで、澪が頷いてみせる。仕込みが遅れたため、ふきとりうの手も借りての作業である。おやまあ、とりうが声を洩らした。

「麻疹《はしか》は命定めって言いますがねえ、あれは大人がやっちゃあ、もっと大変ですよ」

俺もそう聞いちゃあいるんだが、と種市が重い声で応《こた》える。

「こっちは気ぃ揉《も》むことしか出来ねぇからよぅ。あとでこの近辺を回って片っ端から神頼みしておくか」

豌豆を手に、ふきがこくこくと頷いた。

剝いた豌豆は水に放《はな》って、暫く置く。このひと手間で、豆の青臭さが抜けるのだ。桶の中の豌豆に目を落として、澪は、芳から言われた言葉を思い返していた。気持ちを切り替えて、言い訳の必要のない美味しい料理を作るのだ、と自身に言い聞かせる。

この日は、昼餉時、ありがたいことに常よりも多い客の入りとなった。この周辺は武家地に囲まれているため、二本挿しのお客も多い。武士の多くは、二階の小部屋を使う。りうの接客は侍たちにも好評で、種市と澪を感心させた。

「当たり前ですよ。あたしゃ長いこと、大手門の下馬先《げばさき》の茶屋に勤めてたんですからねぇ。お侍のお相手なら慣れっこですとも」

りうは、遅い賄《まかな》いを食べながら、低い鼻をぐんと高くしている。

下馬先、と澪は口の中で繰り返して、首を捻《ひね》った。馴染みのない言葉だ。

ああ、それは、と器を下げて来た種市が会話に割り込む。

「大坂じゃあ滅多にお侍とかかわることも無ぇし、お澪坊が知らねぇのも道理さね」

下馬先とは、文字通り、馬を下りる場所のこと。つまり江戸城へ登るのに、ごくごく限られた者以外はそこで馬や駕籠《かご》を下り、供を置いて門を潜らねばならないのだという。

脇から、りうが店主の言葉を補《おぎな》った。

「芯《しん》から凍《こご》えちまうような寒さの日も、お天道様《てんとさま》に煎り豆にされちまいそうな暑さの日も、大勢のお供はそこでじっと主の帰りを待たなきゃなりませんからね。飲むものやお腹へ収めるものも必要なんですよ」

なるほど、と澪が感心してみせる。

「それでお茶屋さんが要るんですね」

「下馬評って言葉があるくらいですからね、お供のひとたちの好き勝手な噂話が聞けて、まぁ楽しい場所でしたよ」

おいでなさいませ、というふきの元気な声が調理場に届く。おや、お客のようですね、と言って箸を置くと、りうは二つ折れのまま座敷へと向かった。

りうが出て行ったあと、澪は種市に言った。

「旦那さん、良いひとに来てもらいましたね」

まったくだ、と種市が大きく頷いたあと、小さな声でこう言って口を尖らせた。

「あれでもう五十、若けりゃなあ」

その日の夜、澪が裏店へと急いで帰ると、おりょうが高い熱を出していた。枕もとに詰めている芳が、幾度となく手桶の水で手拭いを絞り、こまめにおりょうの額を冷やす。だが、濡れた手拭いが冷たいのは僅かな間で、すぐにも生温くなった。

「ご寮さん、代わります。帰って横になって休んでください」

澪が言うと、芳は、お前はんは疲れてるやろさかい、と首を横に振った。

「それよりも、源斉先生が言わはったように、太一ちゃんをうちへ移さなあかんのと違うやろか。澪、あんた、太一ちゃんを負ぶって、寝かしつけてきてくれんか」

その声が聞こえたのか、眠っていたはずの太一がぱっと瞳を開き、隣りで荒い息を吐くおりょうの身体にしがみつく。

太一は、火事の記憶を呼び覚ます澪のことが恐ろしいのだろう。それに加えて今は、おりょうの傍を離れたくないに違いないのだ。こと太一の身になると、澪は強く出ることができない。躊躇《ためら》っている澪を見て、芳は、少し考え込んだ。ほなやっぱり、おりょうさんをちょっと頼めるか、と澪に耳打ちすると、身を乗り出して太一の顔を覗き込む。

「太一ちゃん、お母はんに早う良うなってもらわなあかんやろ？」

太一は、唇をへの字に曲げて、芳の顔をじっと見ている。

「太一ちゃん自身もまだ治ってへんのや。そんな太一ちゃんが傍に居ったら、お母はんは気がかりで充分に休まれへんのと違うか」

芳の言葉に、太一はそっと母の身体から手を放した。ええ子ぉや、と芳は柔らかく言って、太一に両の腕を差し伸べる。太一は、何とか半身を起して、芳の腕の中へと倒れ込んだ。おりょう越しに幼子《おさなご》を抱き上げると、芳は、よいしょ、と立ち上がった。

太一、とおりょうが目を開けて弱々しく呼んだ。

「ご寮さんや澪ちゃんの言うことをちゃんと聞くんだよ。母ちゃんはすぐ元気になるから」

太一は口をへの字に曲げたまま、それでもかすかに頷いてみせる。芳は、太一を腕に抱いたまま、土間へ下りた。

澪は先に向かいの部屋へ駆け戻り、敷き布団を伸ばして太一を迎え入れる準備をする。すぐに芳が太一を抱えて戻って来た。

「懐かしい重さや」

敷き布団に太一を寝かせると、上からそっと夜着をかける。太一の発疹だらけの細い手が、芳の着物の袖をぎゅっと摑まえた。その仕草はまるで、澪とふたりきりで残されるのを恐れているかに思われた。澪は、寂しさを押し隠して、芳に頼み込む。

「ご寮さん、このまま太一ちゃんに付いててあげてください。おりょうさんは私が」

澪の言葉に、芳は、そうやな、ほなそないさせてもらおか、と頷いてみせた。

深夜に戻った伊佐三と付き添いを交替すると、澪は足音を忍ばせて部屋へ戻る。看病の疲れが出たのだろう、芳が寝息をたててぐっすりと眠っていた。静かに夜着をめくると、太一の気配があった。こちらもよく眠っているらしく、規則正しい寝息が聞こえていた。

澪は闇の中でそっと太一に頬を寄せる。ひと肌の温かさ。熱が下がっているのだ。良かった、もう大丈夫だ。

澪は心底、安堵の息を吐いた。そうして小さな太一の柔らかい髪に鼻を埋《うず》めて、麦藁《むぎわら》のような匂いを嗅ぎながら眠りについた。

翌朝、まだ暗いうちから起き出して、芳は仕事に出る伊佐三と看病を交替した。熱はさらに高くなり、赤い発疹がおりょうの全身を覆っていた。この時点で、太一の麻疹よりも重篤《じゅうとく》な状態だった。源斉が呼ばれ、診察する。

その間、澪はおりょうを案じながら、太一のために朝餉の仕度にかかった。具の無い茶碗蒸しを作り、桶に浅く水を張った中へ器ごと入れて冷やす。口の中が荒れていると塩気は沁みるので、冷ました白粥《しろがゆ》にとろりと黒蜜《くろみつ》をかけた。

「さ、太一ちゃん」

澪は枕もとに膳を運ぶと、太一を起こした。太一は自分がどこに寝かされているのかわからず、澪を見ると引《ひ》き攣《つ》った顔で泣き出した。宥《なだ》めようと澪が伸ばした手を、太一は払い除けて、ひぃひぃと泣いている。

「太一ちゃんのお母さんに早く元気になってもらうために、今、ご寮さんはあっちの部屋へ行ってるの。だから、太一ちゃんはお姉ちゃんと朝ご飯を食べようね」

優しく言って、冷めた茶碗蒸しを匙《さじ》で掬《すく》い、太一の口もとへ運ぶ。その手を、太一が押し戻した。零れ落ちたものを布巾《ふきん》で拭って、澪は再度、茶碗蒸しを太一に食べさせようと試《こころ》みる。今度は、匙ごと撥《は》ね除けられた。拒《こば》む力が強かったためか、匙は思いがけず土間まで飛んだ。

「太一ちゃん、だめじゃないの」

澪は土間へ下りると、匙を拾い上げ、流しで汚れを丁寧に漱《すす》ぐ。

――あまり食べたがらないかも知れませんが、食べることでしか体力は回復しませんから
源斉の言葉が脳裏に蘇《よみがえ》り、澪は、匙を手に、きっと太一に向き直った。珍しく両の

眉が上がっているのが自分でもわかる。

「太一ちゃん、食べるの。食べなきゃ元気になれないんだから。ほら、口を開けて」

開けなさいってば、ときつい口調で言いながら、澪は茶碗蒸しを掬った匙を太一に差し出す。叱責《しっせき》に驚いて、太一は口を開いた。そこへ匙で掬った茶碗蒸しをひと口、入れる。良かった、と澪がほっとした瞬間、太一の口から中のものがぺっと吐き出された。

「食べなきゃだめなの。食べなさい」

澪がどれほど言い募れども、太一はがんとして何も口にしない。手を焼くだけ焼いて、結局何も食べさせることが出来ないまま、つる家に向かう刻限となった。

「どうして食べてくれないの。食べないとだめなのに」

ひいひいと息を洩らして泣いている太一を見て、澪は自分の方が泣きたくなった。

「そりゃあいけませんねえ」

蚕豆《そらまめ》の鞘を外すのを手伝ってくれていたりうが、その手を止めてまじまじと澪を見た。そうともさ、と同じく蚕豆を剥いていた種市が大きく頷く。

「確かにいけねぇよ。人間、食わねぇのが一番いけねえ」

本当にそうですよね、と澪が両の眉を下げた。すると、りうが大げさに手を振って、

「嫌《いや》だ嫌だ、こういうひとたちが一番の困り者ですよ。本当に何もわかっちゃいないんだから」

と、珍しく強い声で言う。

自分たちの何がりうを怒らせたのかがわからず、澪と種市はきょとんと顔を見合わせた。ふきが、蚕豆を握りしめ、はらはらと成り行きを見守っている。

本当に何もわかってない、とりうは繰り返すと、腹立たしげにこう続けた。

「あたしゃこの歳だ、食欲にだって斑《むら》がありますよ。食が細くなると、倅《せがれ》の孝介が脇から『食わなきゃだめだ』『食うのも仕事のうちだ』とやいのやいの騒ぐんですよ。もう、うんざりして、ほとほと嫌になる」

いいですか、とりうは、つる家の主と料理人とを交互に見る。

「食べる、というのは本来は快《こころよ》いものなんですよ。快いから楽しい、だからこそ、食べて美味しいと思うし、身にも付くんです。それを『食べなきゃだめだ』と言われて、ましてや口に食べ物を押しつけられて、それで快いと、楽しいと思えますか?」

こんな当たり前のことに、どうして気が付かないんでしょうねえ、とりうは歯の無い口をさらに窄《すぼ》めてみせる。

言われて初めて、澪ははっと胸を突かれた。なるほど、確かにそうなのだ。食べることが、果たさねばならない務めになってしまえば、決して快くも楽しくもないだろう。美味しい、と思える道理がない。

澪の肩ががっくりと落ちたのを見て、りうは少しだけ柔らかい声になる。

「まずはあんたが美味しそうに食べてみせる。釣られてつい、相手の箸が伸びるような、そんな快い食事の場を拵えてあげなさい。匙を相手の口に押しつけるよりも、そっちの方がずっと良いと、あたしゃ思いますよ」

小さく拍手の音が聞こえた。ふきが遠慮がちに手を叩いていた。

その日、つる家での仕事を終えて、金沢町の裏店へ戻ると、おりょうは苦しそうに眠っていた。太一の時を含めて、これまでほとんど何も食べなかったためか、夜着の嵩《かさ》が半分に減って見える。時折り激しく咳込むが、目覚める様子は無い。澪が額に手を置くと燃えるような熱さだった。

「ご寮さん、源斉先生は何て？」

「何遍も往診してくれはるんやけど、その度に表情が険しいなるんや。今夜ももう一遍来る、て言うてはった」

太一は芳の作った白粥を夕餉に一緒に食べた、と聞いて、澪はほっと安心した。

「ご寮さんも太一ちゃんと一緒に休んであげてください。あとは私が」

ほなあとで様子見に来るさかい、と言い置いて、芳は向かいの部屋へ引き揚げた。

おりょうの額の手拭いを幾度か取り換えるうちに、澪はうっかり、うつらうつら眠ってしまった。がくんと頭が落ちて、はっと目覚める。おりょうは、と見ると、やはり眠っているのだが、何か様子が違うように思う。澪はおりょうが撥ねた夜着をかけなおそうとして、あっ、と声を洩らした。

「発疹が……」

見誤りではないのか、と行灯《あんどん》の薄い明かりの中で、懸命に目を凝《こ》らす。やはり見間違いなどではない。どうしたわけだろうか。あれほど酷《ひど》く身体中を覆っていた赤い発疹が、ひとつ残らず消えているのだ。澪は信じ難《がた》い思いで、おりょうの腕を摩《さす》った。

これはきっと良くなる兆候に違いない、と、その場で飛び跳ねそうになる。

早く源斉先生に知らせたい、と澪は板戸の表を気にかけて立ったり座ったりを繰り返した。夜四つを過ぎ、漸《よう》く、土を踏んで歩いて来る音がしたので、慌てて引き戸を開けた。

「源斉先生」

薬箱を手に現れた源斉に、澪は深夜であることも忘れてはしゃいだ声を上げる。

「先生、おりょうさんの発疹が消えました」

一瞬、源斉が息を飲んで棒立ちになる。そしてすぐ、入口の澪を突き飛ばすようにして病人の傍へ駆け寄った。

行灯の明かりを近づけ、慎重におりょうを診る。青年医師の瞳に怯《おび》えの色が浮かんだ。我が身を落ち着かせるように、握った拳《こぶし》を口にあて、考え込む源斉。その様子を見て、澪は事態がただならぬ方向へ動いているのを知った。ご寮《りょん》さんを呼んで来ます、と言って表へ飛び出す。

折しも、伊佐三が提灯を手に路地に入って来るのが見えた。


おりょうの息が荒く、苦しそうだ。呼びかけには辛《かろ》うじて応じるものの、話す力は無い。時折り、内臓を吐き出すのか、と思うほどに激しく咳込む。

「源斉先生、この通りだ」

伊佐三は額を板敷に擦りつけた。

「嬶《かかあ》を、おりょうを助けてやってくだせぇまし」

手は尽くします、と医師は強張《こわば》った声で応える。これほどまでに苦しげな源斉を見るのは初めてだった。

「だって、発疹は消えたのに」

泣きそうな声で澪が呟くと、源斉は、小さく首を振った。

「逆なのです。発疹があるうちはまだ良い。発疹が枯れるのではなく消える、というのは病が身体の内側へ悪さをし始めた証《あか》しなのです」

のたうつような咳はそのためなのか。澪は、青くなって震える。芳は、その遣《や》り取りを聞いて、静かに立ち上がると引き戸を開けて出て行った。もしも、の場合に備えて太一を連れに行ったのだろうか、と澪は悪い予感に慄《おのの》く。

ご亭主、と源斉は呼んで、伊佐三の顔を上げさせると、気がかりな表情で問うた。

「かなりお疲れのご様子だ。ちゃんと食事を取って、少しでも横になって休んでください。太一ちゃんのためにも、今、あなたまで倒れたらどうします」

伊佐三は、この半月ほどの間で人相が変わってみえるほどにやつれていた。無理もない、早朝に家を出て、一日中、普請場で棟梁として指揮を取り、深夜にここへ戻る生活。おりょうが寝込んでからは、朝までその枕もとにつききりで、食事などもろくに喉を通らない様子だ。もし今のような暮らしを続けていれば、たとえどれほど頑強な伊佐三であろうとも、いつか必ず倒れてしまう。

どうしたものか、と考えあぐねた澪は、引き戸の軋む音に顔を上げた。芳が背中に大きな風呂敷包《ふろしきづつ》みを負って、そっと入って来た。澪の手を借り、荷を下ろすと、芳は板敷に両の手をつく。

「伊佐三さん、お頼みしたいことがおます」

訝《いぶか》しげな顔を向ける伊佐三に、芳はこう続けた。

「今から部屋を替わってほしいんだす。私と澪はこっちへ移りますよって、伊佐三さんは、向こうの部屋で太一ちゃんと暮らしておくれやす。食事は運ばして頂きますよって」

「ご、ご寮さん、そいつぁ一体」

戸惑いを隠せない伊佐三に代わり、ああ、なるほど、と源斉が大きく頷いた。

「おりょうさんの看病はご寮さんと澪さんとに任せて、伊佐三さんはあちらでゆっくり身体を休めた方が良い。太一ちゃんもお父さんが傍に居れば安心して眠れるでしょう」

いや、そんなわけには、と伊佐三が慌てて首を振る。

「おりょうは俺の女房だ。その世話を他の誰かに押しつけるわけにはいかねぇ」

押しつけられるわけやおまへん、と芳は即座に返して、じっと伊佐三を見つめる。

「伊佐三さん、よもや今の仕事を抜けはる気ぃやおまへんやろな」

芳に問われ、伊佐三は苦渋《くじゅう》の表情で、膝《ひざ》に載せた手を拳に握った。

「おりょうがこんな具合なんじゃ仕様が無《ね》ぇ。先方と親方にわけを話して抜けさせてもらおうかと……」

それを聞いて、芳は首を振り、身を乗り出すように伊佐三の顔を覗き込んだ。

「伊佐三さん、ここはひとつ、おりょうさんの気持ちになってもらえまへんやろか」

「おりょうの気持ち？」

へえ、と芳は頷いてみせる。

「今の普請は伊佐三さんの腕を見込んでの名指しの棟梁仕事、と聞いてます。それを放り出して、病の女房の枕もとに詰めるてお前はんは言わはる。けど、それでおりょうさんは安心して養生出来ますやろか」

ましてや、太一のこともある。幼いながら、太一は自分が原因でおりょうがこんなことになった、と理解しているのだ。そんな太一の傍に、父親が付いていてやらなくてどうする。

芳の柔らかい大坂の訛《なま》りで随分と緩和されてはいるが、仕事人として、また、父親として、伊佐三に自覚を促《うなが》す厳しい内容の物言いだった。

だが、傍らの澪には、芳のその言葉の奥から、伊佐三の体調を気遣う温かい気持ちと、この夫婦の力になりたい、これまで溢《あふ》れるほどに受けて来た恩を少しなりとも返したい、という切ない思いが伝わって来る。

「伊佐三さん、私からもお願いです。おりょうさんの看病、ご寮さんと私に任せてください」

澪は板敷に両手を揃えて置き、お願いします、と深く頭を下げた。

くっ、と伊佐三の喉が鳴る。男は奥歯を食いしばり、何とか嗚咽《おえつ》を堪えた。

朝から夜までを芳が、夜から朝までを澪が、おりょうの枕もとに詰める。特別に何かが出来るわけでもない。けれど、咳込めば背中をさすり、身体の汗を拭い、部屋は温かく保つ。水分を充分に与え、昼夜問わず、きめ細かな気配りで尽くした。

「おりょうさんの具合はどうだい?」

戸口からおずおずと声がかかる。

「蕗《ふき》の煮たのをここへ置いとくからね」

太一のことで逃げていた裏店のおかみさんたちも、おりょうの身を案じて、少しずつ声をかけて助けてくれるようになっていた。

だが、おりょうの容態は芳《かんば》しくない。意識は混濁し、太一、太一、とその名を呼ぶばかりだ。その太一は、当初、すぐにおりょうの傍へ寄りたがったが、源斉に諭《さと》されて、戸口のところからじっと覗くことで我慢するようになっていた。

激しい咳がおりょうの体力を奪い、あれほど大きかった身体が今は薄く感じる。深夜、喉が切れて口から血を流すおりょうを、澪は少しも厭《いと》わずに抱いて、呼吸し易《やす》いように、優しく背中を撫でた。

仕事を終えた伊佐三は、重い足取りで路地に入る。ひとの気配を感じて闇の中に提灯を差し伸べると、家の前に倅が佇《たたず》んでいるのが見えた。

細く開けた板戸から、中を覗いている。

伊佐三はそっと太一の背後に立ち、同じように中を覗いた。

澪が着物の前を血で汚したまま、おりょうの背中を優しく撫でている。芳は芳で、そっと、おりょうの口の周りを拭っていた。

伊佐三は腰を落として膝を折ると、息子の小さな肩を抱き寄せる。そして、その耳もとに低い声で囁いた。

「良いか、太一。忘れるんじゃねぇぞ。ご寮さんと澪ちゃん、あのふたりがおっ母に……俺たちにしてくれたことを、決して忘れるんじゃねぇぞ」

伊佐三はそのまま両手をついて、地面に額を擦りつけた。

太一が重篤の頃には丸く膨《ふく》らんでいくばかりだった月が、今は鋭く欠けて新月も近い。おりょうの診察を終えた源斉を送っていくために、提灯を手にした澪が先を歩く。金沢町の表通りに出た時に、源斉が、もうここまでで、と澪の手から提灯を取り上げた。そして、あまり楽観的なことは言えないのですが、と前置の上でこう続けた。

「弱々しかった脈が、僅かですが強くなって来たように思います。おりょうさんには、生きようとする、並はずれた強い意志があるのかも知れません」

それは多分、と澪は言いかけて口を噤《つぐ》んだ。

太一は、数年前、ふた親が火事で焼け死ぬのを目の当《ま》たりにして、その声を失った。もしおりょうに何かあれば、太一は母親に二度、目の前で死なれることになるのだ。おりょうは太一のために、何としてもそれを避けたいのではないだろうか。

源斉先生、と呼ぶ声が震えそうになって、澪はきゅっと握った拳を胸に当てる。

「おりょうさんを、助けてください。お願いします」

青年医師は小さく息を吐いた。

「助けられるものなら、どの患者も助けたいのです、私は。だからこそ、力及ばなかった時は辛い。助かる命を助けられなかったとしたら、と。いつもそう考えてしまう」

独り言のような呟きだった。

誰からも「助けて」と言われ、縋《すが》られる立場の源斉の、秘《ひそ》かな苦悩を知って澪は俯《うつむ》く。ふたりの間に短い沈黙があった。

源斉は軽く首を振ると、

「おりょうさんは、意識さえ戻れば、何とか持ち直すことが出来るのではないか、と。澪さんとご寮さんが付いていてくださるので、医師としても心丈夫だ」

と、重くなった空気を払拭《ふっしょく》するかのように明るい声で言った。

おりょうに変化があったのは、ふたりがそんな会話を交わした翌朝のことだった。芳が井戸へ水を汲みに行き、澪が棒手振りから浅蜊《あさり》を買う、そのほんの束《つか》の間《ま》。おりょうは部屋でひとりきりになっていた。戸口から中を覗いた太一がそれに気付き、一旦部屋へ取って返すと、何かを手にして戻った。そうして横たわっている母親のもとへ身をぴたりと寄せた。

「太一ちゃん」

おりょうの口に指を入れている太一を見つけて、驚いた澪は笊《ざる》ごと浅蜊を落とした。

そのまま板敷に駆け上がり、太一とおりょうの間へ身を滑《すべ》り込ませる。叱《しか》られる、と思ったのだろう、太一は顔を引き攣らせて震えていた。澪はそれを感じ取り、出来る限り優しい声で太一に尋ねる。

「太一ちゃん、どうしたの？　お母さんの口が気になるの？」

太一は黙って、かすかに首を横に振る。その小さな右手が拳に握られているのに気付いた澪は、見せてもらっても良い？　と聞いて、太一の指を一本一本、そっと開いていった。

「これは……」

小さな掌に、小さな小さな赤い粒。

先達《せんだつ》て伊佐三が太一のために柴又の帝釈天で受けて来た護符――一粒符だったのだ。大切に残してあった一粒符を、おりょうに飲ませようとしていたのか。

まさにその時だった。

太一、と掠《かす》れた弱々しい声が聞こえた。はっとおりょうを見ると、かすかに目を開いている。太一がおりょうにむしゃぶりついた。

「太一、母ちゃんは、死なない、から、安心しな」

おりょうが切れ切れに声を絞る。

澪は弾《はじ》かれたように立ち上がり、表へ飛び出した。ご寮《りょん》さん、ご寮さん、と叫ぶその声が泣き声になる。水を汲み上げていた芳が血相を変えた。井戸端で洗濯中のおかみさんたちも、うろたえて腰を浮かせる。

「おりょうさんが、気ぃつきはりました」

それだけを言うと、澪は手放しで泣いた。途端に、わっと歓声が上がる。芳が泣きながら澪に駆け寄った。

「何だと？　断わる？」

清右衛門が憮然《ぶぜん》と聞き返した。例によって昼餉時を過ぎた、一階座敷の奥の席でのこと。澪は、はい、と神妙に頷いてみせる。

「今の住まいを移る気はないんです」

おりょうや伊佐三、太一たち家族の傍でこれからも暮らしたい。住み心地の良い、あの裏店でずっと。心からそう思う。

「店主にもそう願い出て、許しをもらいました」

「夜は早終い、酒も出さないまま、というわけか。商売気のない料理人だわい」

折角《せっかく》の好意を無下《むげ》にされたように感じたのだろう、清右衛門は、苦々しく吐き捨てる。

「流石《さすが》、今頃に鰹《かつお》を使うような、江戸っ子の真髄をまるで理解しない愚か者だな」

江戸っ子の大好きな初鰹は、ひと月前の値段で一本三両。今ではそんな値段で売られていたことが嘘《うそ》のように、庶民の口に入る。澪は清右衛門の前に置かれた膳に目を落とした。鰹の焼き膾《なます》の載っていた皿を始めとして、どの器も舐《な》めたように空《から》になっている。

「お口に合いませんでしたか？」

笑いを嚙み殺しながら澪が問うと、清右衛門は、ふん、と鼻から息を吐いた。

「仕方ない、また来てやる」

散々、恩に着せて男は帰っていく。それを見送って戻ると、りうが駆け寄って興奮した口調で言った。

「あんな有名な戯作者がこの店の常客だったんですか」

「りうさん、清右衛門さんをご存じなの？」

澪に問われ、りうは勿論、と大きく頷いた。

「前に書いた源 為朝《みなもとのためとも》の読本も良かったですけどね、今年になって書き出したものがまた面白くてねえ。あのひとは今にもっと化けますよ」

本を読む習慣のない澪は、まあ、と感嘆の声を洩らしてりうを見た。りうの低い鼻がまた少し伸びている。

「あたしゃ常々思っているんですけどね、澪さん、料理人も本を沢山読んでおく方が良い」

「それはどうしてです？」

「下馬先の茶屋での話ですが、武家のお抱えの料理人たちは和歌や漢詩にも詳しい。料理は作り手を映す鏡ですからね、色々と身につけておくことです」

難しいことを言われ、澪は両の眉を思いきり下げる。

それが可笑《おか》しいのか、りうは折れ曲がった腰をさらに折って笑い転げた。ひとしきり笑うと、そうそう、と思い出したように問う。

「お向かいの坊やと仲直りは出来たんですか」

仲直り、と言えるかは微妙だった。澪はますます眉を下げた。

「ねえ、澪さん、料理でしたことは、料理でけじめをつけたらどうです？」

「料理で？」

そう、料理で、と、りうは繰り返す。

「小さい頃のことはいつまでも尾を引くもんです。澪さんの手で、その坊やが美味しい、と思えるものを作って食べてもらってくださいよ」

なるほど、と澪は大きく頷いてみせた。

太一に食べてもらうなら、甘くて優しい味の菓子が良い。荒れた口の中も痛まない、滑《なめ》らかな食感の菓子。

あれしかないわ、と思いついて、澪はそっと頬を緩めた。


半日、水に浸《つ》けておいた小豆《あずき》で、丁寧に餡《あん》を作る。粒餡か漉《こ》し餡かで迷ったが、口触りが良い漉し餡にした。その餡をひとつ、ひとつ、小さく丸める。何が始まるのか、と太一が不思議そうに澪の手もとを覗き込む。

乾物屋に頼んでおいた吉野葛《よしのくず》に砂糖と水を加えて火にかけ、糊《のり》状に練り上げる。手を水で充分に冷やしてから、葛の生地を掌に広げる。柔らかな生地は容赦のない熱さで、澪はくっとそれに耐えた。真ん中に丸めた餡を置くと、くるりと包み込む。素早く水に放って冷やし、葛が固まったところを掬い上げて、乾いた布巾に取った。

「本当はこれを少し蒸して、皮を透明に仕上げるんだけど」

と言いながら、澪は布巾を目の高さに持ち上げる。

葛が良いからだろうか、艶《つや》やかな皮は充分に透明で、中の漉し餡の小豆色が透けて見える。姿の良い葛饅頭《まんじゅう》で、何とも美味しそうだ。

ごくん、と太一の喉が鳴った。

うふふ、と笑いながら澪は、傍らの太一を見る。

「蒸さなくても、冷たい方が良いわね」

葛饅頭を器の代わりに柏の葉に載せて、太一に差し出した。

「さあ、どうぞ」

澪が言うと、太一は、背後の母親を振り返る。おりょうが頷くのを見て、太一は安心したように出来立ての葛饅頭に手を伸ばした。

澪も、ひとつ取って頬張ってみる。周りの葛の皮がつるんと舌に優しい。噛むと滑らかな餡が顔を出し、口一杯、幸せな甘みで満たされる。

太一が澪を見て、ぎゅっと目を細めた。

何て良い笑顔だろう。胸の奥に温かいものが広がっていく。幸せな気持ちで、澪は太一の頬を撫でようと手を伸ばした。太一が、澪の掌の火傷《やけど》に気付く。澪の手首を握って、泣きそうな顔になった。

「大丈夫よ、太一ちゃん。葛の生地が熱くてこんな風になってしまったけれど、お姉ちゃん、太一ちゃんが美味しそうに食べてくれたのが嬉しくて、ちっとも痛くないの」

ほらね、と手をひらひら振ってみせる。

刹那《せつな》、太一は顔をくしゃつかせ、そのまま、澪の胸になだれ込んだ。

太一ちゃん、泣かないで、大丈夫よ、と繰り返しながら、澪は太一の髪に鼻を埋める。

大好きな麦藁の匂いがした。

銀菊《ぎんぎく》——忍《しの》び瓜《うり》

「もらえません」

店開け前の一階の座敷。畳に広げられた単衣《ひとえ》を前に、ふきが涙目になっている。紫《し》紺《こん》の地に白い兎文《うさぎもん》。あちこちに飛び跳ねた兎が、何とも愛らしい。

「もらえません、あたし、と言って弱々しく首を振ってみせるものの、少女の目は単衣に釘《くぎ》づけになっていた。

「孫の古着をお前さん用に仕立て直しちまったんですよ」

りうが歯の無い口を全開にして笑う。

「今さら『要《い》らない』と言われてもね」

そうよ、ふきちゃん、と澪《みお》は手を伸ばして単衣をぱっと広げ、少女の肩に掛けた。

「まあまあ、何と可愛《かわい》らしいことやろ」

芳《よし》がにこにこ笑い、種市《たねいち》がうんうん、と頷《うなず》いている。

「年寄りの好意は無下に断っちゃいけませんよ。そうそう先があるわけでもないんですからね」

さあ、着替えておいでなさい、とりうに言われて、ふきは紫紺の単衣を胸に深く抱《かか》えて立ち上がる。そしてぴょこんとひとつお辞儀をすると、内所《ないしょ》へ向かって一目散に駆け出した。

「りうさん、ほんにおおきにありがとうさんでございます」

芳が畳に手をついて、老女に頭を下げた。澪も慌ててこれを真似《まね》る。

いえいえ、とりうは鷹揚《おうよう》に手を振ってみせた。

「ご寮《りょん》さんや澪さんこそ、あの子の着物を何とかしてやりたい、と思ってらしたでしように。よく堪《こら》えられましたねぇ」

はて、と種市が首を捻《ひね》っている。

「何でふたりが堪えなきゃならねぇんだよぅ」

「嫌《いや》だ嫌だ、こんな鈍感な店主」

吐き捨てるように言って、りうが種市に向き直った。

「ふきちゃん同様、ご寮さんも澪さんもお前さんに使われている身ですよ。奉公人が奉公人に着るものを与えるだなんて、そんな出過ぎた真似が出来るもんですか」

そこはまず店主が気付くもんですよ、とりうに諌《いさ》められて、種市は、とほほ、と肩を落とした。

「さて、ではあたしゃ、そろそろお暇《いとま》しますかねぇ。よっこいしょ、と」

りうは二つ折れの腰を庇《かば》いながら立ち上がった。おりょうと芳の抜けた分を見事に補《おぎな》ってくれていたりうだが、昨日から芳が復帰し、それで充分だと思ったのだろう、暇乞《いとまご》いを申し出たのである。

芳と澪、それに種市がりうの後に続いて入口へと向かった。

「おやまあ、そんなにぞろぞろと」

揃《そろ》って送り出そうとしたつる家《や》の面々に、りうがほろ苦く笑ってみせる。

「野辺《のべ》の送りじゃないんですからね。旦那《だんな》さん、釣銭の用意は出来てますか？　ご寮さん、飾り棚の花器が空《から》ですよ」

さあ戻った戻った、と齢《よわい》七十五の老女に諭《さと》されて、種市と芳は慌てて持ち場へと引き返す。結局、見送りを許された澪だけが、りうと表へ出た。

目の前の飯田川に陽光が反射して、水底に網目模様《もよう》が出来ていた。網を縫《ぬ》うように、すい、すいっと鮎《あゆ》が泳ぐさまが、いかにも涼しげに映る。太一《たいち》とおりょうのことで夢中に過ごすうち、仲夏へと移ろっていたのだ。

眩《まぶ》しそうに川面《かわも》を眺めていたりうが、澪を見上げて言った。

「澪さん、あんたは料理の勘も腕も良い。おまけに根性もある。これからが楽しみな料理人ですよ。だからこそ、あたしゃ心配でねぇ」

心配、と小さく繰り返し、澪は軽く見張った目を老女に向ける。一体、何を心配されているのか、澪には見当がつかなかった。

りうは皺々《しわしわ》の手を料理人に差し伸べる。澪の手を自分の掌《てのひら》で包むと、その顔を覗《のぞ》き込むようにして、低い声でこう囁《ささや》いた。

「あんたはまだ、恋、という厄介《やっかい》なものを知らない。女は恋を知ると変わるんですよ。良い方にも、悪い方にもね」

僅《わず》かに身を固くしている娘の肩を、優しくぽんぽんと叩《たた》いて、りうは俎橋《まないたばし》を渡り始める。澪は慌てて追い駆けて、

「りうさん、恋は厄介なものなんですか?」

と問いかけた。ふぉっふぉ、と歯の無い口で笑いながら、りうは澪を振り返る。

「厄介ですとも。楽しい恋は女をうつけ者にし、重い恋は女に辛抱を教える。淡い恋は感性を育て、拙《つたな》い恋は自分も周囲も傷つける。恋ほど厄介なものはありゃしませんよ」

両の眉《まゆ》を下げて、澪は少し考えた。

「なら、楽しくて拙い恋には手を出さないようにします」

一瞬、りうはぽかんと娘を見て、それから腹を抱えて笑い出した。もとから二つ折れの身体《からだ》をさらに丸めて高笑いする老女を、行き交《か》うひとが珍しげに眺めている。

「そうそう思い通りに行かないから、厄介なんですよ」

りうは皺だらけの目尻《めじり》に溜《た》まった涙を拭《ぬぐ》って、ふっと真顔になった。

「けれどね、澪さん。恋はしておきなさい。どんな恋でも良いんです。さっきは心配だなんて言いましたがね、あんたならどんな恋でもきっと、己《おのれ》の糧《かて》に出来ますよ」

そう言い残して俎橋を渡っていく老女を、澪はその場に佇《たたず》んで暫《しばら》く見送った。

「ひぃ、暑い暑い、ちょっと動いただけで汗が止まらねぇよぅ」

仕入れから戻った種市が、袖《そで》で乱暴に顔を拭っている。

「今日は特別、蒸し蒸ししますよね」

澪は、俎の上の魚から目を外《はず》さないまま応《こた》えて、手拭いで額《ひたい》の汗を拭った。扱っているのは小鰭《こはだ》だった。

茄子《なす》に胡瓜《きゅうり》、穴子《あなご》に蝦蛄《しゃこ》、と皐月《さつき》に旬を迎えるものは多い。鯵《あじ》はますます脂《あぶら》が乗って美味《おい》しくなった。江戸に出て来るまで知らなかった小鰭も、この時季に出回るものが良い。新子《しんこ》、小鰭、鮗《このしろ》、と名前を変えるこの出世魚を、澪はとても気に入っていた。

「ほほう、小鰭の鱠《なます》とはまた嬉《うれ》しいねえ」

小骨が多いので丁寧に取り除くその手もとを覗きこんで、種市は涎《よだれ》を垂らさんばかりだ。

「成魚の鮗《このしろ》はお侍には出すな、と小松原《こまつばら》さまに教わったんだが、小鰭なら誰も文句は言うまいよ」

小松原の名が出たのでどきどきしながら、澪は包丁の手を止めて店主を見た。

「どうして鮗はお侍に出しては駄目なんですか」

「『この城を焼く』だの『この城を食う』だのって語呂が落城やら謀反《むほん》やらを連想させて縁起でもない、ってことらしい。切腹前の侍に食わせるとかで腹切り魚とも呼ばれて、焼くと死臭がすると言われてるんだよぅ」

まあ、と澪はちょっと頬《ほお》を膨《ふく》らませる。

「とんだ濡《ぬ》れ衣《ぎぬ》だわ。確かに小鰭も鮗も、煮たり焼いたりするよりもお酢でさっぱりと食べる方が美味しいけれど」

鮗には鮗の味わいがあるのに、と澪は残念そうに呟《つぶや》いた。

生まれも育ちも大坂の澪には、今ひとつ、武士というものがわからない。第一、刀で命の遣《や》り取りをする、というのが澪には受け付けなかった。刃は食材を刻むためにこそある、と思うのだ。

「江戸じゃあ半分は二本挿しなんだぜ。御台所町《おだいどころまち》に店があった頃は侍の客は少なかったが、ここじゃあそんなわけにも行くめぇ。鯵には気ぃつけてくんなよ」

店主は言って、ほろりと笑った。

この日、小鰭の鱠《なます》は店開けから売れ続け、まだ昼餉時《ひるげどき》を過ぎないうちに品切れとなった。客がそれぞれ何度もお代わりを注文するから、当然と言えば当然のことだった。

「何だ、もう終わっちまったのか」

何人もの客がそういってがっくりと肩を落とす。中には、小鰭を食うまで動かねぇ、と座り込みを始める者まで出て来た。種市と芳が平謝りに謝る様子を調理場から覗き見て、江戸っ子の小鰭好きに半《なか》ば呆《あき》れる澪である。

この調子ではこれから先も小鰭を暖簾《のれん》を終《しま》う頃まで途切れずに出す、というのは難しい。どんなにお代わりされても充分に用意出来る夏の味覚を他に考えないと、と思案する澪の視線の先に、ごろりと茄子が転がっていた。

茄子は煮て良し、焼いて良し。油との相性も良い。けれど、と澪は蒸気の上がる蒸《せい》籠《ろ》に茄子を並べながら、にこにこと笑顔になった。

「本当はこうして食べるのが一番美味しいと思うわ」

蒸し上がった茄子の皮を外し、身を縦に裂いて、濃い目の出汁《だし》で作った吸《す》い地《じ》に放《はな》って冷ます。熱々の茄子は冷めながら出汁を吸っていくのだ。ほどよく冷えた茄子を器《うつわ》に装《よそ》い、冷たい出汁を少なめに張って、薄く切った茗荷《みようが》をあしらう。

「こ、こいつぁ滅法《めつぽう》」

味を見た種市が、大きくのけぞった。

「蒸籠で茄子を蒸し始めた時にゃあ一体どうなることかと思ったが、お澪坊、この冷たい茄子は良いや、小鰭に負けて無《ね》ぇ」

お代わり、と種市は空の器を差し出した。

この日も朝から暑い一日となった。おまけに雨まで降り出して、蒸し蒸しすることこの上ない。暑い、暑い、とつる家の暖簾を潜《くぐ》った客たちは、出された茄子料理に目を剝《む》いた。

「何だ、この茄子ぁ。ひんやり冷たくて、口に入れるととろんと溶けちまう」

「こいつぁ良いや。うちの年寄りに食わせてやりてぇ」

気持ちの良い勢いで、空になった器が調理場へ戻されて来る。蒸籠の前で滴《した》り落ちる汗を拭いながらも、澪は嬉しくて仕様がない。

客足が落ち着いた頃、膳《ぜん》を下げて来た芳が、澪にそっと耳打ちした。調理場から覗くと、源斉が一番奥の席で清右衛門《せいえもん》と談笑している。清右衛門は食事を始めたばかりらしく、膳の上には茄子が手付かずのまま残っていた。源斉が立ち上がるのを見て、澪はさっと勝手口から表へ回る。

「源斉先生」

俎橋の手前で、澪は源斉に声をかけた。振り向いた源斉が、澪さん、と笑顔になる。

「先生、おりょうさんのことでは本当にお世話になりました」

ありがとうございました、と澪は深々と頭を下げた。おりょうの回復に伴《ともな》って、源斉が裏店《うらだな》を訪れる回数は減り、ここ暫く、顔を見なかったので礼を言いそびれていたのだ。

「茄子を頂きましたよ。あれは素晴らしい」

にこやかに源斉は言う。

「茄子は身体を冷やすから、暑い時期には何よりです。食べ過ぎは良くないが、蒸してあれば胃の腑《ふ》にも優しいですね」

料理を褒《ほ》められて、澪は頬を染めた。医者はそんな娘を温かく見つめる。

「澪、源斉《げんさい》先生が」

「医師仲間の父上と会えたのも嬉しかった。今日は良い日です」

もしやそれは戯作者《げさくしゃ》の清右衛門のことか、と尋ねようとして澪は、ふっと口を噤《つぐ》んだ。川の向こう側からこちらをじっと見つめる眼差《まなざ》しに気付いたからだった。

年《とし》の頃、十八、九。美しい娘だ。芝居見物の帰りか何かなのだろう、裾《すそ》に四季の花《はな》熨斗《のし》をあしらった紅藤《べにふじ》色の曙染《あけぼのぞ》めの振り袖姿。幅広の錦帯《きんたい》にも掛襟《かけえり》にも金糸がふんだんに用いられている。あたかもそこに豪奢《ごうしゃ》な牡丹《ぼたん》が咲いているかのような華やかさで、道行くひとが皆、目を奪われている。

娘は、明らかに澪を見ていた。否《いや》、睨《にら》んでいた、と言っても良い。

誰だろう。

澪が軽く会釈してみせると、娘はぷいと視線を逸《そ》らせる。後ろに控《ひか》えていた小女《こおんな》を叱《しか》りつけるような素振りで、慌ただしく立ち去った。その後ろ姿を目で追いながら、澪はやはり知らない娘だと思う。つられて源斉が川向こうを振り返ったが、もう娘の姿は見えなくなっていた。

「どうかしましたか？」

源斉に問われて、澪は、いいえ何でも、と軽く首を振った。早く戻って茄子を蒸さねばならなかった。

大坂では天神祭りの頃が一年のうちで最も暑い、とされている。その水無月《みなづき》二十五日にはまだひと月以上あるのに、身体が暑さに慣れていないせいか、今時分の暑さが一等、身に応えるのだ。

「おりょうさん、大丈夫ですか？」

朝、まだ少しふらつきながらも、おりょうが表へ顔を出した。水を汲《く》むつもりらしく、桶《おけ》を大儀そうに抱えている。澪は駆け寄って、私が汲みますから、と桶を取り上げた。

「今日も暑いから無理しちゃだめです」

心配して体調を気遣う澪に、おりょうは明るい笑顔を向ける。

「あたしゃ痩《や》せて身体が軽くなった分、暑いのもそれほど応えないんだよ」

確かにおりょうは、二回りも三回りも痩せて別人のようになっていた。食欲がまだあまり戻っていない様子に、澪は眉を下げる。

「何か口に合いそうなものはありませんか？　私、作ります」

これ以上、澪ちゃんに迷惑はかけられないよ、と遠慮するおりょうから無理に聞き出したところ、さっぱりと胡瓜の酢のものが食べたい、という。

「酢のものは、暑い時はことに美味しいですよね」

と、澪も笑顔になった。

折良く棒手振《ぼてふ》りが、両の籠《かご》に瑞々しい胡瓜を満載にして、路地を入って来た。それを呼び止めながら、澪はふと、そうだ、これからの季節、つる家の献立《こんだて》にも良いかも、と思うのだった。


「お澪坊、頼まれてたやつを仕入れて来たぜ」

種市が滴る汗を袖で拭って、桶の中のぐにょぐにょ動くものを示した。生きの良い真蛸《まだこ》である。

「けどよぅ、蛸ってのは冬に食うもんだと俺ぁ思うぜ。夏に出されてもなぁ」

蛸のように口を尖《とが》らせる主に、でも、と澪は両の眉を下げながら反論する。

「江戸で冬に食べる蛸は身が硬くて。どう工夫しても、なかなか柔らかくなりません。その点、夏の蛸は良いですよ」

江戸で真蛸の旬と言えば、冬。茹《ゆ》でて一層身の引き締まったものを酢蛸として食すのだ。けれど大坂では夏の、身の柔らかなものが好まれる。生で食べたり、煮付けにしたり、と調理方法も様々だった。

爽《さわ》やかな胡瓜と柔らかく茹でた蛸は、実に良く合う。酢のものにして良し、辛子《からし》を溶き入れた酢味噌で和《あ》えて良し。これから本格的な暑さに向かう中、何よりの食養生《しょくようじょう》にもなるだろう。つる家のお客に、そんな美味しいものを食べて欲しい、と思う澪であった。

「夏に蛸ねぇ」

俺ぁどうも、と首を振っている店主に、澪は、軽く肩を竦《すく》めて笑ってみせた。

胡瓜は薄く小口に刻んで、軽く塩をして揉《も》み洗い、さらにさっと酢洗いしておく。新生姜《しょうが》は針状に細く切って水に放つ。塩揉みしてぬめりを取った蛸は茹でてからそぎ切り。

酢と醤油《しょうゆ》、それに味醂《みりん》を同量ずつ合わせた三杯酢を作ってみて、澪は眉を曇らせた。せっかく留吉《とめきち》の白味醂を使っているのに、江戸の濃い醤油の色が暑苦しく感じる。醤油を控えて出汁《だし》を加え、塩で味を調《とと》えると、涼しげな合わせ酢になった。食材を入れ、浮き浮きと楽しげに箸《はし》で和える。器に装い、仕上げに生姜を天盛りにして、店主に差し出した。

「うっ」

蛸と胡瓜を箸で摘《つ》まんで、恐る恐る口に運んだ種市が、目を白黒させている。

「う、旨《うめ》ぇ。こりゃ旨過ぎるよぅ、お澪坊」

店主の様子に、澪はうふふ、と口を押さえて笑った。

この日、つる家では種市の提案で、蛸と胡瓜の酢のものを、やや大きめの器を用いて客に供した。主なお菜である鰺の塩焼きよりも重い扱いになった。

「ここの親父《おやじ》も焼きが回ったなあ」

客たちは酢のものの蛸に目をやって、深々と溜め息をつく。

「蛸ってなぁ冬のもんなのによ。ありえねぇ」

そんな客たちに、種市は、わかっちゃいねぇなぁ、と軽く首を振ってみせる。

「この蛸を食ってごらんじろ、ってね。蛸ってのは実は夏場が旨いんだよぅ」

えへん、と胸を張る店主を見て、芳が肩を揺らして笑いを堪えた。

どれどれ、と勇気のある客が最初に箸をつけた。嚙《か》んだ途端、うっ、と唸《うな》る。

「それ見な、夏の蛸なんざ食うもんじゃねぇ」

そう言いかけた隣りの客を制するように、男は目玉を剝いたまま叫んだ。

「こいつぁ旨ぇ、ありえねぇほど旨ぇ」

それを機に、客たちが次々に箸をつけ始めた。あちこちで、ひとくち食べては、ありえねぇ、という声が洩《も》れる。うひひ、と種市が嬉しそうに顔をくしゃくしゃにして、その様子を眺めた。

誰よりも早く、その異変に気付いたのは、芳だった。

つる家では二階座敷は武士が使うことがほとんどだったが、彼らの様子がおかしいのだ。この店の料理が気に入って通ってくれているはずが、酢のものに一切、箸をつけていない。

遠回しに理由を尋ねても、顔をしかめて返事をせずに、何やら怒った顔で帰っていく。それがひと組、ふた組の客ならば、たまたま虫の居所が悪かったのか、とも思えるのだが、揃いも揃って、となると考えものだ。

「お侍は、意地でも夏の蛸を食べないんでしょうか」

天盛りのまま戻される器を見る度《たび》に、澪は情けなさそうに吐息をついた。箸を付けずに戻された料理であっても、それを別の客に出すことは決してない。捨てるような罰当《ばちあ》たりな真似もしない。それらは全《すべ》て、賄《まかな》いとして澪たちの胃袋に収まった。

「俺ぁ、ひと夏分の酢のものを食っちまった気がするよぅ」

酸っぱいげっぷをしながら、種市が泣き言を言う。旦那さん、そんな、と澪が情けなさそうに両の眉を下げた。

「武士は食わねど高楊枝《たかようじ》、て聞きますけど、そこまでして夏の蛸を嫌いはる理由がわからしまへんなあ」

首を捻っていた芳だが、ふと、こう洩らした。

「蛸や無《の》うて、胡瓜が理由やおまへんやろか。もしや祇園《ぎおん》さんと、何ぞ関係が……」

祇園さん、と繰り返して、澪は少し考え込み、ああ、と両の手をぱちんと合わせた。

種市もふきもわけがわからないのだろう、揃って首を傾《かし》げている。

「何だよぅ、ふたりだけで納得してねぇで、俺たちにも教えてくれよ。祇園ってのはどこのどいつなんでぇ」

ひとやおまへん、と芳が首を振ってみせる。

「京の祇園社──祇園天神社のことでおます」

神社、と店主と下足番《げそくばん》はこれまた揃って首を傾げた。

「神社と胡瓜と、どんな関係があるってぇんだ。俺にゃあさっぱりだよぅ」

それは、と澪は手近にあった胡瓜を包丁でぱん、と切って、ふたりに断面を見せた。

「祇園社のご神紋が『木瓜紋《もっこう》』で、胡瓜の切り口と同じなんです」

ああ、と胡瓜を覗き込んだ種市とふきが、納得の声を上げる。

「なるほど、ご神紋を食うわけにゃあいかねぇ、ってことか」

天満《てんま》一兆庵《いっちょうあん》でも、祇園さんを信心するお客には胡瓜を出さなかった。大坂では夏、「うざく」と呼ばれる鰻《うなぎ》と胡瓜の酢のものが好まれたが、それが出せない、と嘉兵衛《かへえ》が残念がったものだ。澪は、往時を懐かしく思い返していた。

「けどよぅ、お澪坊」

一旦《いったん》は納得した種市だが、眉根を寄せて考え込んでいる。

「俺ぁ、やっぱり蛸が理由だと思うぜ。何故《なぜ》って、江戸の侍が揃いも揃って、遠く離れた京の、祇園社の氏子《うじこ》ってわけぁ無ぇさね」

確かに、と澪も頷く。結局、胡瓜か蛸か、はたまた生姜なのか、侍たちが料理を避ける理由がわからぬまま、その日は終わった。

翌日、つる家の暖簾を潜った客のひとりが、一風変わった注文をした。

「親父、あの『ありえねぇ』は今日もあるのか?」

ありえねぇ?　と種市は復唱して、ああ、と大きく頷いた。

「蛸と胡瓜の酢のものなら、ありますぜ」

それを耳にした他の客までが、

「俺にも『ありえねぇ』をくんな」

「こっちにも『ありえねぇ』を頼む」

と口々に言い出す始末。

そのうちに誰も「蛸と胡瓜の酢のもの」などと正しい名前で呼ばなくなり、ありえねぇという注文が入る度に、澪は喜んで良いのか、哀《かな》しんで良いのかわからずに、とほほと両の眉を下げるばかりだった。

その「ありえねぇ」が評判になればなるほど、つる家の暖簾を潜る侍は激減した。二階座敷が終日空になる日が続き、澪は、わけがわからずに困惑したまま、調理場に立ち続けた。

「ちょっと味醂を買い足して来ます」

昼餉時を過ぎ、客足も止《や》んだ時に、澪は種市に断って、徳利を手に勝手口から外へ出た。色めを控えたい時にだけ、大切に使って来た留吉の味醂だが、そろそろ心もとなくなった。流山《ながれやま》まで仕入れに出向くわけにもいかないので、普段使いの味醂を買いに、中坂の酒屋へ出かける。

中坂は、九段坂と違って段差が無い上に勾配《こうばい》も緩《ゆる》やかで、荷車が多く行き交う。また、両側に味噌《みそ》屋や米屋、履物《はきもの》屋に薬屋といった商家が立ち並び、どの店も大層繁盛《はんじょう》して、元飯田町《もといいだまち》の中心地と言えた。

目指す酒屋の格子《こうし》に貼《は》られた引き札を見て、澪は、あっと驚いた。そこには大きく、「流山の白味醂」と書かれている。先達《せんだつ》てこの店を訪れた時にはなかったものだ。

「済みません、表に貼ってある、あの」

ばたばたと店の中へ駆け込んで、澪は外を指さして早口で問いかけた。

「流山の白味醂、ってもしや相模屋《さがみや》さんの」

「これは驚いた」

番頭が応えるより早く、奥から店主が転がり出て来た。

「流石《さすが》、つる家さんの料理人だ、相模屋の白味醂をご存じだったとは」

「ではやっぱり」

ええ、ええ、と店主は二度も頷いてみせる。

「これまでにあったどの味醂よりも、色が美しく、香りも味も良い、と近頃、上方《かみがた》で大評判なんだそうですよ」

留吉の白味醂なのだ。

澪はその場で飛び上がりそうになった。

「この白味醂を焼酎《しょうちゅう》で割って、暑気払《しょきばら》いの本直《ほんなお》しとして盛大に売り出させて頂こうと思いましてね」

きっといけますよ、これは、と店主自《みずか》ら、澪の持参した徳利に味醂を入れてくれた。それを胸に抱き締めて、澪は店を出た。

相模屋店主紋次郎《もんじろう》、それに主《あるじ》思いの留吉。双方の努力と苦労が報《むく》われたことが、澪には嬉しくてならなかった。真っ当な努力を重ねていれば、こんな風に光の射すこともあるのだ――見上げる空は青く、澪の心の中を爽やかな涼風が吹き渡って行く。

「あら」

中坂から飯田川沿いに店の方へ、弾む足取りで向かっていた澪は、俎橋の袂《たもと》に佇《たたず》んで、しきりにつる家の方を気にしている娘に気付いて、立ち止まった。

今日は退紅《たいこう》地に燕柄《つばめがら》の単衣《ひとえ》姿だが、いつぞや、澪のことをじっと見つめていた娘だった。澪は迷わず娘の傍《そば》へ近寄ると、あの、と声をかけた。

「今なら空《す》いていますし、中でお食事も出来ますよ」

女が外食するのは恥ずかしいこと、と頭から思い込むひとは決して少なくない。ましてやひとりなら、暖簾は潜りにくかろう。そう慮《おもんぱか》って声をかけた澪である。

娘は、突然の出来事に、怯《おび》えたように身を引いて澪を見た。勝気そうな吊《つ》りぎみの眉、瞼《まぶた》の薄い美しい一重《ひとえ》、すっきりとした鼻筋。顔色の優《すぐ》れないことを除けば、錦絵《にしきえ》に描かれていそうな美貌《びぼう》だった。そのぽってりとした唇《くちびる》を歪《ゆが》めて、娘は無言で身を翻《ひるがえ》し、組橋を小走りで渡っていった。

声をかけて悪かったのかしら、と澪は少ししょげたものの、すぐに胸に抱えた味醂に目を落とすと、軽やかに駆け出した。

まあまあ、とおりょうが細くなった指を胸の前で組んでみせる。

「留吉さんの白味醂がねえ、良かったねえ」

ついつい、声が大きくなるのを自分で気付いて、いけない、と肩を竦めた。

金沢町の裏店に戻ったふたりを、おりょうが布巾《ふきん》をかけたものを手に、まだ少しばかり辛《つら》そうな足取りで訪ねて来たのである。

「太一が今日、摘んで来たんだよ。ご寮さんと澪ちゃんに食べてもらおうと思って」

布巾を外すと、小さな笊《ざる》に山盛りの粒々した黒い実が現れた。まあ、と同時に呟いて、芳と澪は互いの顔をにこやかに見合った。

「珍しいもんじゃないけど、桑《くわ》の実さ」

「嬉しい。ご寮さんも私も、大好きなんです」

「良かった。けれど食べた後で歯を見せて笑っちゃ駄目だよ。澪ちゃんは年頃なんだからね」

途端に芳がぷっと吹き出した。澪がよく、口の周りを紫に染めて桑の実を食べるのを思い出したのだろう。

「さ、そろそろ戻ろうかね。留吉さんの嬉しい話も聞けたし。このところ、うちじゃあ良い話がなかったから」

あとの方を、おりょうは少し声を落とした。おや、と澪は怪訝《けげん》に思う。伊佐三《いさぞう》は初めての棟梁《とうりょう》仕事を見事にやり遂げて、その普請《ふしん》は大工仲間の間でも高い評価を得た、と聞いていたのだ。芳が眉を曇らせ、

「おりょうさん、何ぞおましたんか？」

と、おりょうににじり寄った。

おりょうは、大きく息を吐くと、ふたりを交互に見た。

「伊勢屋《いせや》さんのね、ほら、うちのひとが棟梁を任された例の……。娘さんの縁談が壊れちまったらしいのさ」

もちろん、伊佐三に何の落ち度もない話なのだが、普請は験《げん》を担《かつ》ぐのだ。初めての棟梁仕事がそんな結末になったとあっては、これから先、伊佐三にめでたい普請は任されないかも知れないのだという。

「そんな」

そう言ったきり、澪も芳も絶句する。慰《なぐさ》める言葉も見つからないふたりに、おりょうは、変な話を聞かせてごめんよ、と小さく言って、向かいの部屋に戻るのだった。

翌日、澪は早めに床《とこ》を離れ、漉《す》き返し紙に包んだ油揚げを手に、化け物稲荷《いなり》へと足を運んだ。神狐《しんこ》の足もとに、いつもの油揚げはない。

「神狐さん、油揚げ、また鳶《とんび》に取られたの？」

そう問いかけて、ふと、小松原の身に何かあったのではないか、と心に影が差した。

昔から悪いことは重なる、という。

つる家にお侍のお客が途絶えたこと。伊佐三が抱え込むことになった難儀。このふたつの他に、悪いことが重なるとしたら。

「そんなわけないわ」

澪は声に出していうと、悪い想像を払うように勢いよく頭を振った。それでも、胸にぽとりと落ちた不安の染みがじわじわと広がり出すのを止めることが出来ない。その不安に呼応するように、頭上で楠《くすのき》の葉がざわざわと鳴った。

明神下《みょうじんした》を走り抜け、昌平橋《しょうへいばし》を渡り、武家地を斜めに駆け抜けて、俎橋まで辿《たど》り着いた。橋の袂で荒い息を整えて、頬から顎《あご》へと伝《つた》い落ちる汗を拭う。

つる家は、と見ると表は開いており、通りには箒《ほうき》の筋目が立っていた。勤勉なふきは、今朝も早く起きて店の前を掃き清めたのだろう。澪は背筋をしゃんと伸ばして、勝手口に向かった。

風を通すために開け放たれた戸口から、男の笑い声が重なって響いている。おや、と澪は耳を欹《そばだ》てた。

ひとりは店主、種市の声だ。

もうひとりは……。

その声の主《ぬし》を確信すると、澪は自分の顔がくしゃくしゃになるのを感じた。いけない、と思い、奥歯をぐっと噛んで堪える。深呼吸をひとつ。心を落ち着かせてから、勢いをつけて、お早うございます、と中へ足を踏み入れた。

板敷に座り、店主と向かい合って、寛《くつろ》いだ格好で酒を呑《の》んでいた中年男が、ひょいと顔を上げる。

「よう、下がり眉」

男は、盃《さかずき》を口から外して、にやりと笑った。

小松原だった。

「相変わらず、見事な下がり眉だな」

相も変わらず懐《ふところ》の寒そうな、くたびれた藍縞木綿《あいじまもめん》の単衣を身に纏《まと》ったその男を前に、澪は立ち竦む。

「おまけに、無駄に元気そうだ」

小松原は、にやにやと澪を見ている。

こんな眼《め》だったかしら。こんな口もとだったかしら。こんな声だったかしら。

まじまじと男の顔を見る。飽くことなく、ずっと見続けていたかった。

「お澪坊、どうしちまったんだよぅ、小松原さまじゃねぇかよぅ」

首を振り振り言って、種市は手を伸ばして澪の腕を摑《つか》むと、板敷に座らせる。小松原さまに、

「夜は早終いだから、ってんで、こんな朝早くにいらしてくだすったんだ。

何かつまむものを拵《こしら》えてくんな」

板敷に置かれた盆の上には、ちろりがひとつ。男たちの手に、それぞれ盃がひとつずつ。

「朝からお酒だなんて、感心しません」

さっきまで小松原の身を案じて、不安で心配で堪《たま》らなかったはずなのに……。口を突いて出た言葉に、澪は自分でも、ぎょっとする。だが、今さら取り繕《つくろ》うのも変なの

で、そっぽを向いたまま、言葉を繋《つな》いだ。それに身体にも良くありません」

「罰《ばち》が当たりますよ、小松原さま。それに身体にも良くありません」

「ちぇ、小娘に説教されちまった」

開口一番に叱られたことで、中年男は、ちょっと情けなさそうに頭を掻《か》いてみせる。

「しかしまあ、お前さんの眉が上がるのを初めて拝んだぞ。下がったり上がったり、忙しい眉だ」

まあ、と澪はわざと頬をぷっと膨らませた。

「そんな意地悪を言うひとには、何も作りませんからね。ご自分の鼻でもつまんで、それを肴《さかな》に呑んでください」

以前と変わらぬ応酬が始まった様子に、種市は頬を緩めて、まだ酒の少し残っている盃を手に、そっと立ち上がった。間仕切りから中の様子を心配そうに窺《うかが》っていたふきに目くばせしてみせて、種市は調理場をあとにした。

「種市に聞いたぞ。登龍楼《とりゅうろう》へ乗り込んだそうだな」

男は上機嫌で笑っている。知りません、と澪はさっと立ち上がり、土間へ下りた。

登龍楼の名が出たので、采女《うねめ》の言っていた「小野寺《おのでら》さま」について尋ねようか、とも思う。けれどそれでは詮索《せんさく》になるかも知れない。やはり止《よ》そうと決めて、前掛けを腰に巻いた。

種市は仕入れに出かけたのだろう。食材が届くまでまだ暫くかかる。昨日の残りで何かを、と算段しながら、襷《たすき》をきりりと結ぶ。

「昨日、茹でた蛸があるんですけど」

お、良いな、と男の嬉しそうな声が帰って来た。胡瓜もまだ残っていたので、塩揉みして搾《しぼ》り、両者を辛子酢味噌で和える。

「ほう、こいつは豪勢だ」

嬉しそうに言って、小松原は箸を取ると器用に蛸と胡瓜とを一遍《いっぺん》に口に運んだ。しゃくしゃく、と気持ちの良い音で嚙む。目尻に皺を寄せて、実に美味しそうに食べる男の様子に、澪はたとえようもない幸せを感じた。

「胡瓜も蛸も辛子酢味噌も旨いな」

酒が進む、と小松原は盃をぐいっと干した。注《つ》ごうとして手を伸ばしかけた澪を制し、自分で盃を満たすと、そう言えば、と娘を見た。

「噂《うわさ》で聞いたが、妙な名前の料理がつる家の名物になっているそうだな。『何じゃこりゃ』だか何だか、そんな名前の」

「『ありえねぇ』です、『何じゃこりゃ』じゃなくて」

両の眉を思いきり下げている料理人を見て、小松原は一瞬、啞然《あぜん》としたあと、げらげらと腹を抱えて笑い出した。

「どっちにしろ、とても食べる物とは思えぬ名前だな。いやぁ、愉快、愉快」

笑い過ぎて腹が痛い、と腹を押さえたあと、小松原は案外真面目《まじめ》な顔になった。

「町人の発想というのは、愉快だな。これが武家の料理人ならば、そんな楽しい名前は思い浮かびもしないだろう」

武家の料理人、と澪は口の中で繰り返した。はっと、りうの言っていたことを思い出す。

「和歌とか漢詩とかに詳《くわ》しいのが、武家のお抱えの料理人だとか……」

ほう、と男が目を剝いた。

「よく知っているな。その通りだ。だから料理の名前も、そういうものを下地にして、風情《ふぜい》や情緒に重きを置く。堅苦しいことよ」

ところで、と小松原は、にやりと笑って続けた。

「その『ありえねぇ』の正体は何なんだ？」

「蛸と胡瓜の酢のものです」

同じ食材に新生姜を加えて合わせ酢で和えたものだ、と澪が説明すると、小松原は思案顔になった。食べてみたいのだろうか、と気を利《き》かせて、澪が言う。

「まだ少し材料が残っています。作りましょうか？」

「いや、俺は酢味噌和えの方が良い。生姜は嫌いなんだ」

あら、と澪は意外そうに男を見た。食に関して好き嫌いを言うようには見えなかった。そんな気持ちを察したのだろう、小松原は、居心地悪そうに、ぽりぽりと顎を掻いた。

「生姜と鱚《きす》がだめだ。どちらも言葉にするだけで、げんなりする。俺には決して出さないようにしてくれ」

はい、と頷きながら、澪はくっくと肩を揺らして笑いを堪える。今度から小松原が意地悪をしたら、鱚と生姜を山盛り出してやろう。そう考えると、笑いが止まらなかった。

笑い過ぎだ、と男は不貞腐《ふてくさ》れてみせる。

「それよりも、胡瓜の酢のものなんぞ出していたのでは、そのうちに武家の客は来なくなっちまうぞ」

小松原の言葉に、驚きの余り、澪の笑いは引っ込んだ。

娘の表情から察したのだろう、男は、もう既《すで》に遠のいているのだな、と妙に納得した顔で頷いている。澪は身を乗り出して小松原に迫った。

「胡瓜の何処《どこ》がいけなかったのでしょう？」

問われて小松原、ううむ、と眉根を寄せた。開け放った勝手口を気にしながら、ちょいちょい、と指で澪に耳を貸すように合図する。澪がおずおずと耳を寄せると、小松原は低い声でこう囁いた。

「切り口が、徳川家の御紋に似ているのだ」

ええっ、と澪は目を白黒させる。

「祇園社のご神紋と同じ、木瓜紋なのですか？　でも、確か葵《あおい》の御紋だと聞いていますが……」

「三葉葵だ」

「三葉葵？」

はて、と澪は首を傾げる。

武家に馴染《なじ》みの薄い大坂育ち。徳川家が葵の御紋というのは耳にしていても、それを実際に見たことはない。大体、三葉も葵も、胡瓜とは全《まった》く関係が無いのに、と思う。

「それはどんな御紋なのでしょう」

澪の問いかけに、小松原は箸で器の中の胡瓜を一枚摘まんで、目の高さに持ち上げた。

「まあ、大体、こんな形だ」

恐れ多い、という理由で直参旗本《じきさんはたもと》は胡瓜を口にしない。直参旗本の食べない胡瓜を、それより下のものが食べるわけには行かない。従って二本挿しは総じて胡瓜を口にしないのだ、とのこと。

言いながら男は、自分も二本挿しながら、しゃくしゃくと旨そうに胡瓜を食べている。澪は呆れ顔で、その旺盛《おうせい》な食欲を眺めた。

この日、小松原は辛子酢味噌和えをお代わりし、ちろり一杯分の酒を呑み切ると、俎橋の袂まで澪に送らせて上機嫌で帰っていった。

つぃーつぃー、と鋭く鳴きながら、翡翠《ひすい》色のかわせみが、飯田川の水面《みなも》すれすれを渡っていく。男を追い駆けて、次にいつ来てくれるのか、尋ねたかった。けれど澪は、かわせみにじっと目をやって、その気持ちに耐えた。

「公方《くぼう》様の御紋だぁ？」

種市が腰を抜かさんばかりに驚いている。つる家の店主は、満載の胡瓜を仕入れて、持ち帰ったところだった。

「はい、小松原さまがそのように」

澪は両の眉を下げて頷く。

何てこったい、と種市は頭を抱えた。

「公方様が葵の御紋で、同じものを使えば首が飛ぶってのは聞いちゃあいるぜ。けど、俺ぁ生まれてこの方《かた》、本物なんざ、恐れ多くて見たことが無ぇんだよぅ」

武鑑《ぶかん》や紋尽《づ》くしなどといった書物は、庶民も望めば目にすることは出来た。だが、慎ましい暮らし向きを守って生きる者に、武家の家紋に気を配る余裕はない。

江戸で生まれ育った種市が知らないくらいだ、小松原が教えてくれなければ、ずっと謎《なぞ》のままだっただろう。

えらい難儀な、と芳が吐息をついている。

「ほな、胡瓜を使《つこ》てる間は、お侍はここの暖簾を潜りはらへん、いうことになりますなあ」

山と積まれた胡瓜に目をやって、

「胡瓜、美味しぃのに」

とふきが小さな声で呟いた。

そう、胡瓜は美味しい。ひとというのは、禁じられれば食べたくなるものだ。

その昔、天満一兆庵に、僧侶《そうりょ》がお客として訪れることがあった。生臭物《なまぐさ》が禁食《きんじき》の僧侶ではあるが、店主嘉兵衛は、請《こ》われれば、蛸を「天蓋《てんがい》」、鰻を「山の芋《いも》」と称して供していた。

お客の名付けた「ありえねぇ」であれば、胡瓜という名は出て来ない。だが、それでもつる家に侍のお客が戻らない、ということは、抜け道を用いることを潔《いさぎよ》しとしないためだろうか。だとしたら、何と律儀《りちぎ》な、と澪はいささか感動を覚える。それは同じく頑《かたく》ななまでに胡瓜を断つ、祇園社の氏子たちの曇りのない信心と重なった。

そうだ、胡瓜と比べても遜色《そんしょく》のない、美味しい夏の野菜で何か工夫すれば良い。

「何ぞ、胡瓜に代わる美味しいもんは……」

同じことを考えていたらしい芳が、ああ、と手を叩いた。

「澪、黒門《くろもん》に服部《はっとり》はどうや？」

ああ、と澪も大きく手を打った。

くろもんにはっとり、と種市とふきとが首を傾げる。

「お澪坊、そりゃあ一体、食うものか？」

店主の問いかけに、澪は笑顔で答える。

「どちらも越瓜《しろうり》の名前です」

黒門は玉造《たまつくり》で作られる瓜で、濃い緑に白い縦縞がある。大坂城の玉造門が黒塗りであったことから、そう呼ばれた。片や高槻《たかつき》の服部村で取れるのは、淡い黄緑の瓜。ともに大坂では、粕漬《かすづ》けや、酢のもの、塩揉み等々と大活躍する夏野菜だった。

「何だ、越瓜かよぅ。それなら」

種市が、ぽんと手を打った。

「江戸にも、中野で採《と》れる旨いのがあるぜ。雷干《かみなりぼ》しにして食うと、酒が止まらねぇんだ」

「雷干し」

そう繰り返して、澪も芳も、にこにこと笑顔になる。

種を取った越瓜をくるくると螺旋《らせん》状に剝いて干す「雷干し」は、大坂でも良く好まれた。胡瓜の代わりに、この雷干しを酢のものに入れれば、歯触りも良く美味しいに違いない。

良し、わかった、と種市が尻端《しりはしょ》折りをする。

「今すぐ行って、良いのを仕入れて来るぜ」

越瓜《しろうり》の両端を落とし、そこから箸をぐいぐいと差し込んで貫通させ、真ん中の種を取る。皮ごと、ぐるぐると螺旋に剝く作業は、如何《いか》にも楽しそうだ。

「慣れないうちは難しいかしら。そういう時はね、こうするの」

横で難儀しているふきに、澪は箸を通した瓜を俎に置いて回しながら、包丁で剝いてみせた。面白いように薄く、綺麗《きれい》に剝けていく。最後まで切れずに剝けたものは、立て塩で味をつけて、陽《ひ》に干すのだ。

「お澪坊、何だってそんなとこに」

澪が表の通りに面した軒先へ瓜を次々と吊るすのを見て、種市は驚いた。てっきり勝手口の方に干すものとばかり思っていたのだ。

表の軒に干された螺旋状の越瓜は、いやでも人目を引いた。行き交うひとが、季節だねぇ、と嬉しげに眺めていく。それを耳にして種市、ああ、なるほど、と大きく頷いた。つる家の小さな下足番は意味がわからず、不思議そうに店主を見上げている。

良いかい、ふき坊、と種市は少し身を屈《かが》めて小さな声で言った。

「つる家は胡瓜を出すから駄目だ、とそう思ってるお侍が、この雷干しを見たらどう思う？『おや、胡瓜だけではなく越瓜もあるのか』と、そう思うだろ？　そうすりゃあ暖簾も潜り易《やす》いってことさね」

その言葉通り、九段坂を下りて来た侍が、おっ、と足を止めて雷干しを眺めていた。

雷干しは、一刻(約二時間)ほど干せば食べられるが、半日干せばぱりぱりと軽やかな歯ごたえになる。澪はこれを用いることにした。胡瓜とはまた異なる食感が、蛸と良く合った。また、越瓜を干して、取り入れて、の作業はそれだけで夏の風情を感じさせた。

種市の言った通り、足を止めて中を覗く侍が、ひとり、ふたり、と現れる。

「つる家の越瓜を使った酢のもの、美味しいですよ」

誰に命じられたわけでもないのだが、ふきは暖簾を捲《めく》って、さり気なく声をかけた。そうした店側の努力が、徐々に武家の客を呼び戻す。五日もすれば、二本挿しの客たちが堂々と暖簾を潜るようになった。

二階の座敷にも武家の姿が戻り、澪はほっと安堵《あんど》の胸を撫《な》で下ろすのだった。

そんな昼下がりのことだ。

表にお客の立つ気配に、ふきは暖簾を捲った。そこに佇《たたず》むひとを見て、下足番は大きく息を飲んだ。

美しい露草色の振り袖姿の若い娘がそこに立ってふきを睨んでいる。後ろに小女が困った顔で控えていた。

「お、おいでなさいまし」

圧倒されたまま、おどおどとふきは娘を迎え入れる。

娘は小女を表に待たせて、ふきに履物を預けると、板敷に上がり、険のある眼差しで一階座敷を端から端まで見回した。

時分時を過ぎて、空きの目立つ座敷ではあったが、突然現れた艶《あで》やかな娘の姿に、誰もが箸を止めて、ぽかんと口を開けている。間を背の低い衝立《ついたて》で仕切っただけの、入れ込み座敷の店には、あまりに不似合いな客だった。

種市が、娘に気付いて座敷を斜めに走った。

「何なの、この店は。案内もないの」

今にも地団駄《じだんだ》を踏みそうな勢いで、娘は年老いた店主に嚙みついた。

こりゃどうも、と種市はそれでも嬉しそうに目尻を下げている。

「弁天様にお越し頂けるとは、恐れ入りやす。二階の小部屋へご案内しますかね」

「二階は嫌。この一番手前が良いわ」

娘は、入口に最も近い席を目で示した。

「可愛い顔して、妙な客だぜどうも」

種市は、ぶつぶつと零しながら調理場へ戻った。

鮎の焼き具合を見ていた澪は、魚から目を離さずに、どんなお客さんなんです、と尋ねる。

「何でも良いから持って来い、だと。それも、料理人に持って来させろ、とぬかしやがる」

若くてとびきり美しい娘、と聞いて、澪は思わず顔を上げた。心当たりがあった。程よく焼けた鮎を平皿に取ると、立ち上がって、土間からひょいと座敷を覗く。

入口に一番近い席に、若い娘が居心地悪そうにそわそわと座っていた。やはり、いつぞや橋の袂で澪が声をかけた件《くだん》の娘だ。

あら、と澪は頬を緩ませた。

「何だ、お澪坊の知り合いかい？」

「知り合い、というわけではないのですが、この店の料理を食べたがっておられたみたいで。きっと注文の仕方とか、ご存じないのでしょう。酢のものと、鮎を焼いたのを、あとで私がお持ちします」

澪は言って、湯気の立つ鮎の皿を店主に渡した。

この日、焼きものの鮎がお客に大いに喜ばれた。鮎も、小さな若鮎の頃は鰹《かつお》に押されて、江戸っ子にまるで相手にされない。大きくなって食べ応えのあるこの時季になると、にわかに鮎好きが増えるのだ。

「畜生め、何でここに酒が無ぇんだよ」

「くぅ、確かにこれで一杯やれりゃあ極楽なのによぅ」

そんな客の声を聞きながら、澪はにこにこと土間伝いに進みそこから座敷へ上がり、娘のもとへと料理を運んだ。

「お待たせしました」

「待たせ過ぎだわ」

娘は刺《とげ》のある声で言い、つんとそっぽを向いた。

済みません、と澪は言い、どうぞごゆっくり、と言葉を添えて立ち上がった。澪が土間へ下りきらないうちに、後ろからこんな声が追いかけて来た。

「ちっとも美味しくないじゃない」

え、っと澪が背後を振り返る。

鮎の塩焼きを口にしたらしい娘が、箸を投げるように叫んだ。

「こんなものが美味しいだなんて、どうかしてるわ。口が曲がってるんじゃないの?」

途端、入れ込み座敷に残って食事を摂《と》っていた客たちが黙り込んで互いを見合った。

中のひとりが箸を置き、娘に向き直る。

「聞き捨てならねぇな。だったら俺たち皆、お前さんのいうように口が曲がってんのか?」

別のお客もまた膳に手を置いて腰を浮かせた。

「そうとも、何処《どこ》がどう不味《まず》いんだか、言ってみやがれ」

男たちからそんな反撃を受けるとは思いもしなかったのだろう、娘は視線をあらぬ方へ向けて、しどろもどろに言った。

「こんな苦いもの、何処が美味しいって言うのよ」

苦い、と聞き、一同は中腰になって娘の膳を覗き込む。澪も娘の傍まで戻って、膝《ひざ》を揃えて座り、膳の上の料理の状態を見た。鮎の塩焼きの皿。頭と骨の外し方を知らないらしく、腹わたに箸が入った跡があった。

この娘はおそらく大店《おおだな》のお嬢様。骨や腹わたを取り、身をほぐした魚しか食べたことがないのだろう。腹わたの苦さを知らないことが、逆に育ちの良さを思わせる。可愛らしい、と澪は微笑《ほほえ》んだ。

同じことを思ったのか、客たちもにやにやと笑いながら何事もなかったようにまた箸を動かし始めた。

「ちょっと、何よ。どうして笑うのよ」

娘は顔を真っ赤にして、澪に食ってかかった。澪は慌てて、申し訳ありません、と畳に手をついてみせた。娘は、むっとした顔のまま、巾着《きんちゃく》から小粒の銀を取り出して、膳の上に置いた。ただ今お釣りを、と言う澪を無視して、娘は立ち上がると板敷へと急ぎ、ふきが履物を用意するのを焦《じ》れたように待つ。

そうして娘は、お待ちください、という澪の声に振り向きもせず、下足番を突き飛ばすようにして出て行った。釣銭を手に握り締め、澪は慌てて、あとを追い駆ける。足には自信があった。表へ出て、相手が俎橋に向かうのを見ると、直走《ひた》る。あっという間に小女を追い越し、娘の前へ回り込んだ。

「な、何よ。お代なら払ったわ」

「多過ぎます」

どうぞ、と澪は娘の前へ釣銭を載せた手を差し出した。

「要らないわ。そっちで取っておきなさいよ」

「いけません。幾らなんでも多過ぎます」

俎橋の中ほど、受け取る、受け取らないで揉み合う娘ふたりの姿は、かなり人目を引いた。ちらほらと通行人が足を止め始めた時。

「みおさん」

そう呼ぶ声がして、ふたりの娘は同時に、はい、と応え、揃って声の方を見た。源斉が驚いた顔で立っていた。

「源斉先生」

声が綺麗に重なって、娘ふたりは互いの顔を見合わせる。

「一体、こんなところでどうされたのですか。こんなに日差しの強い日に、あまり外を歩かれてはいけませんよ」

「源斉先生、私」

またもふたり揃って答えかけ、これは変だ、と流石《さすが》に澪は首を傾げる。

その様子に、源斉がぷっと吹き出した。

「これは失礼しました。どちらも『みお』さんでしたね。澪標《つくし》の澪さんに、美しい緒の美緒《みお》さん」

あら、と澪は驚き、不思議な偶然に親愛の情を込めて、もうひとりの『みお』を見た。美緒は耳まで真っ赤に染めて、顔を両手で押さえると、ばたばたと駆け出した。それ以上追い駆けるのを諦《あきら》めて、澪は源斉とふたり、橋の上から娘の姿を見送る。

この情景に覚えがあった。初めて美緒を見かけた時も、こんな風に源斉と立ち話をしていた。それを橋の向こうから美緒がじっと見ていたのだ。あの時、睨んでいたように感じたのは……。

もしかしたら、と澪は思う。

美緒の子供じみた振る舞いが、源斉への思慕《しぼ》から来ているとしたら。

想《おも》うひとが居る、そのことだけで澪は、同じ名を持つ娘がとても心に近いように思えた。

「私、初めてです。字が違っていても、同じ『みお』という名前のひと」

「そうある名前ではないかも知れません。しかし、とても良い名です」

ことに、と言いさして、源斉は少し眩しいような眼差しを、澪に向ける。

「澪さんの場合は、料理に一心に身を尽くす、その生き方と重なります」

「身を尽くす……」

「そう、身を尽くす。そのひたむきな生き方が、ひとの心を捉えるのだと思います」

源斉は穏やかに言って、そっと口もとを緩めた。整った白い歯が覗いている。

身を尽くす、と澪は声に出さずに、もう一度、胸の内で呟いてみた。

そう、「みをつくし」は「身を尽くし」なのだ。

料理を我が道と決めたからには、さらに身を尽くして精進しよう。

そういう生き方をすることこそが、澪、という名前を与えてくれた、今は亡き両親の想いに添うように思えてならなかった。

ありがとうございます、と深く頭を下げる澪の手に、釣銭が握られたままになっている。源斉はそれに視線を落として、

「それは、私から渡しておきましょうか」

と言った。そうしない方が良いように思えて、澪は、いいえ、と首を横に振る。

「私から返しに伺《うかが》います。美緒さんのお宅はどちらでしょう?」

「日本橋本両替町に伊勢屋さん、という大きな両替商がありますが、そちらです」

源斉の言葉に、澪は何か引っかかるものを覚える。両替商に知り合いなど居ないのだが。

日本橋、伊勢屋、両替商、と口の中で繰り返して、はっと顔を上げた。

「伊勢屋久兵衛《きゅうべえ》……」

おりょうの夫の伊佐三が、棟梁仕事をした先だ。離れの普請が済んだあと、跡取り娘の縁談が破談になった、と聞いた、あの。

「よくご存じですね」

源斉が意外そうに澪を見た。

「その通りです。美緒さんは伊勢屋久兵衛さんのひとり娘さんなんですよ」

日本橋、本両替町。金貨を鋳造《ちゅうぞう》する金座にほど近く、その名の通り、両替商が軒を連ねる。厚く土を重ねた外壁に、渋い銀の屋根瓦が眩しい。中でも、ひときわ人目を引く、間口《まぐち》の大きな店があった。伊勢屋久兵衛方である。

朝早いこともあり、まだ客の出入りはないが、それでも店の前に立つと、澪など決して寄せ付けないような妙な威圧感があった。どうやって釣銭が美緒に渡るようにすれば良いのか。行きつ戻りつして考えあぐねる。澪は両の眉を下げたまま、目を南西の空へ転じた。

まだ朝焼けの気配の残る空の下、外濠《そとぼり》の向こうに大名屋敷が立ち並ぶ。その奥は千代田のお城。遠景に、くっきりと見事な富士山が控えている。城の様子はここからは窺い知れないが、背の高い物見櫓《ものみやぐら》が城内からにょきにょきと幾つも天に突き出しており、それらがこちらをじっと睨んでいるように感じる。

小松原さまがもし、浪士ではなく、どこかに仕《つか》える身だったとしたら……。

だめだめ、と澪はそっと首を振る。小松原さまがどんな身であれ、私には関係ないのだ——そう自身に言い聞かせる。

あっ、という小さな声が聞こえた気がして、澪は背後を振り返った。

晴れやかに着飾った美緒が、こちらを見て呆然《ぼうぜん》としている。横に居るのは母親らしく、面差《おもざ》しが似ていた。下働きらしい若い娘が重そうな風呂敷《ふろしき》包みを持って、脇に控えている。

こんなに早朝、それもめかし込んで行くとなると、芝居見物だろうか。澪は、丁寧にお辞儀をしてみせた。

美緒は青ざめて、澪のもとへ駆け寄る。

「どうして、こんなところへ？」

低く責める口調に、澪は、釣銭をお渡しするためです、と負けずに低い声で答えた。

「美緒、どうしたの？　お芝居に遅れますよ」

母親が、訝《いぶか》しげにこちらを見ている。

「このかたとお話があるの。すぐに追いかけますから」

苛立《いらだ》ったように声を上げる娘に、母親はやれやれ、と吐息をついた。娘の我《わ》が儘《まま》には振り回され慣れた、と言いたげな仕草だった。

「なら、茶屋まで駕籠《かご》でいらっしゃいな」

そう言い置いて、母親は浮き立つ足で出かけて行った。その姿が見えなくなると、美緒は無言で裏口へと澪の腕を引っ張った。

開け放った障子から、庭の緑が美しい。手前にあるのは柿の木だろう、瑞々《みずみず》しく淡い緑の葉がこちらに涼しい影を投げかけていた。

伊勢屋の敷地内に建てられた、二十坪ほどの離れ屋。建前《たてまえ》に用いられた真新しい木の香と、畳藺草《いぐさ》の芳香が、先刻から向かい合って座るふたりの娘を優しく包む。

これが伊佐三の、と澪はそっと視線を巡らせる。欄間《らんま》の彫り物には寄り添う鴛鴦《おしどり》の姿があった。若い夫婦の幸せを念じた、伊佐三の心遣いだろう。縁談が壊れた、という話を思い出して、澪は両の眉を下げた。

「本当はあなたなんてここへ上げたくなかった。でも、店の者やこの辺《あた》りのひとに聞かれたくないから」

美緒は言って、上目遣《うわめづか》いで澪を睨んだ。澪は、紙に包んだ釣銭を畳に置き、そっと美緒の方へ滑《すべ》らせる。

「私の用件はこれだけです」

「要らないと言ったじゃないの」

美緒が怒った顔で突き返す。それをさらに澪が押し戻した。

「お返しする、と言いました」

ふたりの間を幾度も行ったり来たりしたあと、釣銭は丁度真ん中あたりで止まった。

「しつこいひとね」

美緒が睨むと、

「お互い様だと思います」

澪も負けずに言い返した。

そんな風に切り返されたことがないのだろう、美緒は口を捻《ね》じ曲げて、釣銭を畳から勢いよく払い退《の》け、澪ににじり寄った。怒りのために頬が上気している。

「私の方が綺麗だわ」

突然、何を言い出すのか、と澪は首を傾げる。それが気に食わないらしく、美緒はさらに顔を突き合わせるようにして言った。

「あなたよりも私の方が美しいわ」

「そう思います」

澪は素直に頷いてみせた。

「美緒さんは、とても綺麗です」

思いがけない返事だったのだろう、美緒は大きく瞳《ひとみ》を見開いた。そして、からかわれたと思い違いした様子で、ふざけないで、と怒り出した。

「だったら、どうしてあなたなのよ」

「何がでしょう」

「源斉先生のことよ。わかってるはずだわ」

八つ当たりとしか思えない娘の言動に、澪はほとほと困り果てて、やれやれと首を振った。

「源斉先生には、言葉に尽くせないほどお世話になっています。私にとっては神さまのように尊くて大切なかたです。そして、源斉先生にとっての私は、患者の身内であり、つる家の料理人です。美緒さんに邪推されるようなことは一切ありません。第一、そんなこと、源斉先生に失礼です」

ひと息に言って、澪は、同じ名前を持つ娘のことをじっと見つめた。見つめられて、美緒はそっと視線を外す。だって、そうでなきゃ、と言ったきり、美緒は項垂《うなだ》れて畳に目を落とした。

つつぴー、つつぴー、という鳴き声に誘われて、澪は庭の柿の木に顔を向けた。四十雀《しじゅうから》が細い枝に止まり、白地に黒の太い縦縞の胸を張ってしきりに囀《さえず》っていた。思えば、歳の近い女性とこんな風に話をするのは、江戸に来て初めてだった。話の内容が内容なのだが、それでも澪は、今この刻《とき》が決して嫌ではなかった。

どれほどそうしていただろう、美緒が俯《うつむ》いたまま、澪さん、と呟くように澪を呼んだ。

「澪さんは、恋というものをしたことがあって？」

わかりません、と澪も小さな声で答える。

「ただ、じっと見つめていたい、と思うひとなら……」

小松原の、笑うとぎゅっと皺の寄る目尻。

美味しそうに食べる口もと。

箸を持つ筋張《すじば》った手。

許されるのなら、ずっとずっと見ていたい。

この切ないような、疼《うず》くような思いが恋なのかどうか、澪にはわからなかった。

「それは、源斉先生では……」

怯えた眼差しの娘に、澪は、いいえ、とはっきりと首を横に振ってみせる。

「何処《どこ》に住んで、どんな暮らしをしているのか。今度はいつ逢《あ》えるのか。何ひとつ知らない、遠い、遠いひとです」

自身に言い聞かせるように話す澪に、そう、と美緒は頷いてみせた。刺々《とげとげ》しい気配はとうに去っていた。

「澪さん、私……、私、源斉先生が……」

好きなの、とても好きなの、と娘は声を絞った。言ってしまって、恥ずかしさからだろうか、ぽろぽろと涙を零している。それまでの激しさから想像出来ないほど、いじらしくて、可憐《かれん》な姿だった。

縁談が壊れた、と聞いたが、それは美緒が源斉との縁を望んで自分から壊したに違いない。澪はそう思い、娘の肩にそっと手を置く。

「美緒さんと源斉先生なら、お似合いだわ」

優れた医師であり、人柄の温かい源斉。大切に育てられた、美しい美緒。ふたり寄り添う姿を思い浮かべて、澪は頬を緩める。

源斉は御典医《ごてんい》の子息ではあるけれど、自身は町医者、と言っていた。美緒は大店伊勢屋のひとり娘。釣り合わない縁ではない。

「縁組のことはよく知らないけれど、きっと、きっと何とか方法が」

「違うの」

澪の言葉を遮《さえぎ》って、美緒は叫んだ。

「源斉先生から、断られたの」

「えっ」

「私とは一緒になりません、て。きっぱりと断られてしまったのよ」

もともと脆弱《ぜいじゃく》な美緒は、二年前から源斉の患者だったという。源斉を知れば知るほど、医師としてではなく、男として好きになってしまった。娘の恋心を知った伊勢屋久兵衛は、源斉が御典医の子息と知り、しかるべきひとを間に、永田家《ながれ》へ縁組の伺いを立てた。父陶斉《とうさい》の返答は、源斉は次男でもあることだし、その意思に委《ゆだ》ねる、本人が承諾したのであれば異存は無い、とのことだった。

ならば断られる道理が無い、と久兵衛は早合点をしてしまったのだ。間の悪いことに、源斉はその頃、麻疹《はしか》の患者にかかりきりになって、なかなか捉《つか》まらなかった。

「新居は卯月《うづき》のうちに用意せよ、と易者に言われて、ここの普請を急がせて。完成したところで父が源斉先生に話を切り出したの」

美緒は跡取り娘だけれども、伊勢屋は出来た子供に継がせれば良い。医術の習得に必要な援助も惜しまない――これ以上ない申し出を、しかし源斉はきっぱりと断ったのだ。今は医師として精進を重ねる時と考え、妻帯するつもりはない、と。

「源斉先生は、今も変わらずに私を診《み》てくださるわ。でも、私、とても辛い」

顔を覆《おお》って泣く娘の肩を、澪はそっと抱いた。芳にいつもそうしてもらうように、背中を優しく撫でる。

こんなに美しく、育ちの良い娘に恋心を抱《いだ》かれて、どうして源斉先生は平気でいられるのだろう。澪にはわからなかった。男というのは、娘からどれほど想いを寄せられても、見向きもしないものなのだろうか。

美緒の恋の行く末に、己の身を重ねて、澪はどうにも切なくてならなかった。

伊勢屋のある本両替町と、登龍楼のある本町一丁目は目と鼻の先である。どの道、帰りは本町を通るので、澪はそっと登龍楼の勝手口に続く路地に立って様子を窺った。仕込みが始まったのだろう、出汁《だし》の良い香りが表まで漂《ただよ》っていた。

「お姉ちゃん」

後ろから袖を引っ張られて、澪は慌てて振り返る。健坊《けん》が雑巾《ぞうきん》を手に立っていた。

「健坊」

澪は身を屈めて、健坊の顔を覗き込む。この前見た時よりも頬が幾分ふっくらしている。お仕着せも汚れていない。いつかの約束が守られている様子に、澪は安堵の息を吐いた。

「健坊、変わりない？」

こっくりと男の子は頷く。良かった、と澪は健坊の頬をそっと撫でた。

「ふき姉ちゃん、時々覗きに来るでしょ？」

うん、と頷いて、健坊は、

「それに、りうばあちゃんも来るよ。でも、おいら怖くって」

と少し震えてみせた。澪はおかしくなって、くすくすと笑う。笑いながらも瞳は潤《うる》み始めた。つる屋を去ったりうが、ふきと健坊に心を砕いてくれることが、ありがたくてならなかった。


「そうかい、そうかい」

澪から健坊の様子を聞いた種市が、うんうん、と頷いた。仕込みの遅れを取り戻すべく、ふたりとも手は動かしたままであった。

澪は蒟蒻《こんにゃく》を匙《さじ》で千切《ちぎ》り、種市はそれを塩で揉む。鍋《なべ》には湯がぐらぐらと沸いていた。

「今日みてぇに蒸し蒸しする日は、唐辛子《とうがらし》の効《き》いた炒《いた》め煮は旨いよなあ」

拭っても拭っても、種市の額を汗が滴る。澪は種市の手拭いを新しいのと取り換えて、ついでに胡瓜を取って来た。今日も定番の酢のものを作る予定だ。

伊勢屋で美緒と話し込んだつけが、仕込みに回って来た。店主にも申し訳がなく、澪は自身の甘さを恥じながら、せっせと手を動かす。茄子は今日は乱切りに、鷹の爪《たかつめ》は種を取って細かく刻んで、と手順を胸の内で確認する。気持ちの焦《あせ》りが思わぬ失敗を呼んだ。

「おいおい、お澪坊、何をやってんだい」

種市の上げた大きな声で、澪ははっと鍋を見た。たった今、塩揉みした蒟蒻を入れたはず……。

「あ、いけない」

煮え立った湯の中に、胡瓜がぷかぷか浮いているのである。それも、丸のままならまだ救いようがある。何を思ったか乱切りにしたものだ。

「あああ」

澪は笊で胡瓜を掬《すく》い上げ、気が動転したまま、その笊を手に調理場を右往左往する。捨てるには忍びなかった。けれど、湯気の立つ胡瓜などこれまで見たことがない。

「やっちまったことは仕様が無ぇよう」

これにでも入れておきな、と種市が大きな黒い鉢《はち》を差し出した。言われるまま、澪は湯気の立つ胡瓜を入れる。途端、ぱしゃんと汁が跳《は》ねた。

「しまった、合わせ酢がまだ残ってた」

見ると、合わせ酢の中に胡瓜が気持ち良さそうに浸《つ》かっている。主と料理人は思わず顔を見合わせた。ふっふ、と種市が笑う。

「俺も、ひとのこたぁ言えねぇな」

澪は申し訳なさそうに眉を下げながら、旦那さん、この胡瓜どうしましょう、と尋ねた。

「このまま置いといてやろう。何だか気持ち良さそうだしな」

種市はちょいちょいと鉢の中の胡瓜を突いてみせて、笑った。

その日は昼から雨となり、じめじめとした湿気がまた蒸し暑さを倍増させた。食欲の落ちた客たちが、つる家の料理なら食えそうだ、と次々に暖簾を潜る。蒟蒻と茄子の炒め煮も、酢のものも気持ち良いほど、客たちの胃袋に収まっていく。

「今日もよく働いたなあ」

暖簾を終い、最後のお客が帰ると、種市は調理場へよろよろと顔を出した。

「ご寮さんもお澪坊も、もう上がってくんな」

あとは俺がやっとくから、という店主に、芳は、いいえ、と首を横に振ってみせた。

「今朝は澪が勝手しましたよって、せめて後片付けくらい、きちんと私らの手ぇでさせて頂きとうおます」

「そうですよ、旦那さんこそ、もう休んでください」

そう言って、澪はふと、調理台の隅《すみ》に置かれた黒い鉢に気付いた。蓋《ふた》替わりに載せていた巻き簀《す》を外すと、合わせ酢に胡瓜が浸《ひた》っている。ああ、と澪は両の眉を思いきり下げた。

例の湯掻《ゆが》いた胡瓜だ、忘れていた。

澪はとほほと眉を下げたまま、胡瓜をひとつ、摘まんで口に入れた。嚙んだ途端、ぎょっと目を剝く。澪のあまりの驚きように、芳が不審な顔になった。

「これこれ、年頃の娘がそない目ぇ剝いて」

「旦那さん、ご寮《りょん》さん」

澪が目を剝いたまま、ふたりに鉢を差し出した。

「たた食べてみてください。こ、これ」

料理のことで澪がここまで驚くのも珍しいことだった。どれ、と種市が芳に箸を取ってやり、ふたりで味をみる。

沸騰した湯の中にぷかぷかと浮いている胡瓜を見た種市である。きっとうにゃうにゃした食感に違いあるまい、と眉根を寄せながら胡瓜を嚙んだ。刹那《せつな》、澪同様、目を剝いてのけぞった。

「こ、これは」

芳も大きく目を見張っている。

澪はもうひとつ摘まんで、口に入れた。嚙んでみる。ぱきぱき、という小気味良い歯ごたえ。生よりも遥《はる》かに気持ち良い食感に生まれ変わっているのだ。

「一体、どうなってんだよぅ」

狐《きつね》につままれたように、種市が呆然と鉢の胡瓜に目を落とした。


何故、軽く茹《ゆ》でることで生よりも食感が良くなるのか、澪にもその理由はわからない。けれど、せっかくの素晴らしい歯触りの胡瓜だ。酢のものとは違う味付けにしよう。これから酷暑に向かう中、それを目当てにお客がつる家に足を運んでくれるような。そんな看板料理に仕上げたい。澪は、幾度も寝返りを打ちながら考える。

美味しく仕上げて、お侍もつい、隠れて食べてしまいたくなるような。

ふと、小松原を思う。小松原さまに食べてもらうとしたら、どんな味が良いかしら。月並みな味付けでは駄目。これまでに食べたことがなくて、ついつい箸が伸びるような。ほほう、と瞠目《どうもく》してもらえるような。

酢と醬油と出汁《だし》、それに砂糖。いや、それではつまらない。もっと力のある調味料が良い。酒、味醂、いや、それも違う。考えあぐねるうちに瞼《まぶた》が重くなり、澪は眠りについた。

翌日のこと。

良い考えが思い浮かばないまま、澪はつる家の調理場に立った。今日の献立は生姜ご飯に鮎の塩焼き。茄子は油で揚げてから、煮浸《にびた》しにする。途中、鍋に胡麻《ごま》油を足そうとして、油の入った徳利を持ち上げた。とくとくと中身を注《そそ》いで、垂れた油を何の気なしに指で拭って舐《な》めた。

菜種油は生では食べられないが、胡麻油はこうして食べても美味しいなあ、と思った途端、澪は、はっとして油徳利を取り落としそうになった。

そうだ、胡麻油だ。

「おい、お澪坊、一体どうしたんでぇ。今日は胡瓜は使わないはずじゃあなかったのかよぅ」

夢中で胡瓜を洗い始めた娘に、種市は目を丸くした。

「戯作者たるもの、滅多なことでは驚かぬが」

清右衛門が、胡瓜の入っていた器を指して、つくづくと言う。

「この胡瓜には心底、恐れ入った。見ろ、僅かな浸け汁まで飲み干してしまった。胡瓜の切り口が潰《つぶ》れているのがまた良い。女料理人としては上出来だ」

ありがとうございます、と澪はにこにこと笑顔になった。

胡瓜は擂粉木《すりこぎ》でばんばんと叩いてから、一本を四つか五つに切る。擂粉木で叩いておくことで、切り口は御紋の形には見えない。これをさっと湯掻いて、酢と醤油と砂糖と出汁、それに鷹《たか》の爪《つめ》と胡麻油を合わせた浸け汁に入れる。それだけのことなのに、清右衛門を始め、つる家のお客たちが驚愕《きょうがく》するほどに美味しいのだ。

「客にまた変な名前を付けられないうちに、お前が考えた方が良いぞ」

清右衛門に言われて、澪は考え込んだ。

お侍にもこっそり食べて欲しいと思った料理。

否《いや》、もともとは小松原に食べてもらいたい、と思った料理なのだ。

澪はふいに心に浮かんだ言葉を口にした。

「忍び瓜……忍び瓜というのはどうでしょう」

「忍び瓜?」

戯作者は、忍び瓜、忍び瓜、と幾度か繰り返し、やがて愉快そうに声を上げて笑った。

「なるほど、忍び瓜か。胡瓜を食えない侍の、人目を忍んで食いに来る姿が目に浮かぶな」

清右衛門のお墨付きをもらった「忍び瓜」は、口伝《くちづ》てに広まり、それを食べるためだけに品川やら王子やらの遠方からつる家に足を運ぶ者も居た。意外なのが源斉で、往診が終わった帰り、ほとんど毎日のように暖簾を潜り、遠慮がちに、忍び瓜はまだ残っていますか、と尋ねるのだ。

「源斉先生は、ひょっとして河童《かっぱ》の生まれ変わりですかい」

と種市にからかわれては、恥ずかしそうに身を縮めながらも、

「あの歯触りと、胡麻油の効いた味はいけません。医者を病みつきにしてしまいます」

と真顔で応えた。

しかし、澪が一番たべて欲しいひとは、まだ現れなかった。朝、つる家の勝手口に立って、中から小松原の声が聞こえまいか、と耳を澄ませ、その度に澪は落胆する。ひとをこんなに待たせて、と腹を立てたり、いや違う、私が勝手に待っているだけなのだ、と落ち込んだり。目まぐるしく変わる自身の気持ちに、澪は、半ば途方《なか》に暮れるのだった。

じめじめとした雨が続いて、中休み。ふっくらと膨らんだ梅の実を売り歩く棒手振りの声が、通りに響く。

昼餉時の客足が落ち着き、澪はほっと板敷に腰を下ろした。ついでに、下に置いた瓶《かめ》を覗き、梅干しの様子を見る。塩梅《あんばい》良く、梅酢が上がっていた。

「よしよし、良い感じ」

あとは土用まで待って、それから、と手順を考えていた時だ。

「澪姉さん」

開け放った勝手口から、ふきが小さな身体で、若い娘を抱えるようにして入って来た。慌てて駆け寄り、ふきに代わって娘に肩を貸す。板敷に座らせ、その顔を覗き込んで、澪は、まあ、と驚きの声を洩らした。

「美緒さん」

常《つね》は血色の悪い顔が、真っ赤になっている。もしや熱でも、と思ったが、妙だ、吐く息が甘い。酔っているのだ、と澪は気付いた。

「表に立っておられたんですが、様子が変なのでお連れしました」

ふきは早口で言うと、土間伝いに入口へと戻っていく。下足番を呼ぶ、客の苛立った声がここまで響いていた。

「澪さん、本直しってご存じ？　私、とても美味しいのを呑んだの。色が琥珀《こはく》で、とろりと甘くて。もとは流山の白味醂ですって」

楽しげに言って、美緒はけらけらと笑い声を立てる。泥酔《でいすい》、と呼んでも良い状態だった。澪は冷たい水を汲むと、美緒の口もとへ運ぶ。

「さあ、美緒さん。お水よ」

ごくごくと喉《のど》を鳴らして茶碗の水を飲み干すと、美緒は澪の腕を摑んだ。

「源斉先生は、毎日、ここへ来られるそうね」

「ええ。忍び瓜がお気に召したようです」

「違うわよ」

押し殺した声で言って、娘は澪を睨んだ。

「どうしてわからないの？　源斉先生は澪さんに逢いに来てるのよ」

腕を摑む手に力を込めて、娘はぽろぽろと涙を零す。

「神さまは意地悪だわ。どうして、私と同じ名前のひとを……」

誤解もいいところだ、と料理人は深々と吐息をついた。

「お澪坊、河童の生まれ変わり、もとい、源斉先生が見えたぜ」

にこやかに注文を通しに来た種市が、真っ赤な顔で泣いている娘を見てうろたえた。

「娘さん、具合が悪いんだな、丁度、今、良い医者が来てっからよ」

言うなり調理場を飛び出したかと思うと、源斉の腕を引っ張って舞い戻った。

「美緒さん」

急病人の顔を見て、源斉は目を見張った。

脈を取るために身を屈めた青年医師は、娘が酔っていることに気付いて、

「一体、どうしたのですか」

と、咎《とが》める口調になった。源斉をじっと見つめたまま、美緒は唇を震わせて、ほろほろと泣き続ける。切ない想いが溢《あふ》れるような涙だった。源斉は当惑した顔でその涙を見ていたが、やがて素足のまま土間に下りると、美緒に背を向けて腰を落とした。

「さあ、負ぶさって」

ふきちゃん、と澪は土間伝いに下足番を呼んで、源斉の履物を持って来させた。

長身の源斉は楽々と美緒を背負うと、お騒がせしました、と種市と澪に頭を下げる。

美緒はおずおずと源斉の肩に顔を埋めていた。

「あのふたり、お似合いですね」

勝手口に立って、帰っていくふたりを見送りながら、澪は柔らかな声で言った。

だが、種市は返事の代わりに、吐息をひとつ、ついただけだった。

皐月二十八日は、川開き。隅田《すみだ》川での夕涼みは葉月二十八日まで、と定まっており、今日がその初日であった。

「お天道様のお出ましとは、ありがてぇ」

久々にすっきりと晴れ渡った空を、種市が嬉しそうに見上げている。

「今日は花火が上がるんですよね」

澪がにこにこと言うと、そうとも、と店主は大きく頷いた。

「両国までは、とても行けたもんじゃ無ぇが、それでも今年はあそこから」

九段坂の上の方を指さして、

「天を焼く花火が拝めるって寸法よ」

と、威張《いば》ってみせる。途端に、ふきがぴょんと飛び跳ねた。今夜は一層早終いして、皆で花火見物だ、という店主の言葉に、奉公人たちはわっと喜びの声を上げた。

その日は、陽が傾き始めると、暖簾を潜る客はぐんと減った。誰しもが両国の花火を心待ちにしているのだろう。

「そろそろ暖簾を終っても、誰も文句は言わねぇぜ」

店主は言って、自分で暖簾を取り込んだ。

九段坂を上りきったところから両国の花火が拝めるのは周知の事実なのだろう、つる家の店の前を、ぞろぞろと連れ立ってひとが通っていく。

その時。

「何だ、今日は一層、早終いなのか」

と、勝手口からふらりと男が入って来た。

「小松原さま」

種市が、こいつぁ驚いた、と声を上げる。澪は立ち尽くし、芳は、ああこれが、という眼差しを男に向けた。ふきはふきで、表の人通りが気になって仕方がない様子である。

「花火見物の前に一杯、と思ったんだが」

今にも出かける様子の面々に、小松原は諦めたように頭を掻いた。

「済まなかった、また出直すことにする」

そう言って出て行きかけた男を、申し、と芳が呼び止める。

「澪、お前《ま》はんは残って、お相手をしなはれ」

さり気なく言って、芳は種市に向き直った。

「旦那《だんな》さん、ふきちゃんも楽しみにしていることですさかい、私らは花火を……」

芳の意図を汲み取ったのだろう、店主は、そうだな、そうするか、と頷いた。

「お澪坊、済まねぇがあとを頼むぜ」

勝手口から三人が出て行くと、澪は忽《たちま》ち、息が詰まりそうになった。男に背を向けたまま、種市用の隠し酒を棚から取り出して、ちろりに移し替える。

「燗《かん》はしないで良い。それより、評判の『忍び瓜』とやらを食わせてくれ」

はい、と背中を向けたまま言って、澪は、これまた種市のために取ってあった忍び瓜を小鉢に装う。板敷にくつろいで座っていた小松原は、運ばれて来た料理に、どれ、と箸を伸ばした。しげしげと胡瓜を眺め、ただの叩き胡瓜にしか見えないが、と首を捻《ひね》る。無造作に口に放《ほう》り込んで、嚙んだ。

その瞬間、澪の耳にも届くほど、ぱりっと良い音がした。

「こ、これは」

これまで一度たりとも動揺など見せたことのない男が、驚駭《きょうがい》している。

「一体、何をしたのだ。この歯触り、それにこの味わい」

器を手に取り、浸け汁の匂《にお》いを嗅《か》ぐ。ちゅっと吸うと、ううむ、と唸った。

「なるほど、胡麻油か。考えたものだ。しかし、それだけでこの歯触りは出まい」

忍び瓜に夢中になる小松原の姿が、妙におかしくて、澪はくすくすと笑った。

「何がおかしい」

済みません、と小さく詫《わ》びて、それでも澪は笑いを止められなかった。

ちぇ、と小松原が不貞腐れたように盃に口をつける。

「やんちゃ坊主を見るような眼をしているぞ」

「ばれましたか」

澪はちょいと舌を出してみせた。

「やれやれ、小娘に子供扱いされるとは、俺も落ちたもんだ」

「あら、私、小娘なんかじゃありません。裏茶屋だって知ってます」

途端に小松原が、ぶっと酒を噴いた。

澪は澄まして、そっぽを向いている。けれど、どうしても笑いが込み上げて来て、止められない。

「小娘にからかわれちゃあ、俺も形無《かたな》しよ」

小松原も笑い出した。向かい合うふたりの間に柔らかで温かな空気が満ちていく。

どん、と何か地響きのようなものが聞こえて、小松原が顔を上げ、耳を欹《そばだ》てた。つられて澪も、耳を澄ませる。わあ、という歓声が聞こえて来た。

「花火が始まったようだな」

「ええ」

どれ、見に行くとするか、と男は言って、板敷から立ち上がった。

澪は勝手口の外に立って、男の背中をぼんやりと見送る。すたすたと歩き出した男が、薄闇《うすやみ》の中でふいに足を止めて振り返った。

「江戸の花火だ、見ておいたらどうだ」

はい、と澪は弾んだ声を上げた。


九段坂は上に行くに従って、大変な人出となり、それを当て込んで両脇には掛け茶屋や屋台店が立ち並ぶ。また、水菓子売りや心太《ところてん》売りが声を嗄《か》らしていた。ひとりならば身動きは取れなかっただろうが、小松原が慣れた様子で人波を掻き分けて行く。澪はただ、そのあとを一生懸命に追った。

「たーまやー」

「たーまやー」

ひとびとの歓声に澪は後ろを振り返る。丁度、暗い空一杯に満開の牡丹のように、金色の花火が広がったところだった。

「きれい」

光の粉を振りまきながら咲く、金色《こんじき》の牡丹。澪には、それが美緒の姿に重なってみえた。初めて俎橋で見かけた美緒。源斉に背負われて、おずおずとその肩に顔を埋める美緒。真《ま》っ直《す》ぐで眩《まぶ》しいような美しさ、艶《あで》やかさ。

「どうした。ここで良いのか?」

先を歩いていた小松原が、付いて来ない澪を探して戻って来た。人波に押されて、よろける澪を男の腕ががっちりと支える。

「大丈夫か?」

済みません、と口ごもり、澪はぱっと身を引いた。

花火を待つ男の横顔をそっと盗み見る。手を伸ばして、その頬に触れたい。肩に顔を埋めたい。その背中に腕を回したい。ふいに、又治《またじ》に抱き竦《すく》められた感覚が蘇《よみがえ》る。あんな風に、息もつけぬほど強く、強く抱き締められたい。澪はそんな風に思う自分に、戸惑《とまど》い、途方に暮れる。

どーんどーん、と腹に響く音のあと、東の空を焼いて花火が次々に打ち上げられる。

見よ、と小松原がそちらを指差した。

「大川の上手《かみて》から上がるのが玉屋の花火、下手《しもて》が鍵屋《かぎや》の花火だ。見物客は良いと思った方の屋号を呼ぶ。今年は玉屋が優勢のようだな」

金色の牡丹のごとく華やいだ玉屋の花火。片や、渋い銀《しろがね》の筋を引きながら流れ散るのが鍵屋の花火だった。

美緒さんの恋とは違って、私の恋は決して相手に悟られてはならない。澪は、拳に握った右の手を、そっと胸にあてる。

暗い空を、銀色の花火が細く糸を引いて、寂《さび》しそうに散っていく。その様子が風に舞う銀《ぎん》の菊花のように澪の目には映った。

巻末付録

澪の料理帖

ほろにが蕗《ふき》ご飯

材料(4人分)
蕗……3本
米……2カップ
塩……小さじ1
酒……大さじ1

ひとこと
蕗の色と歯触りを大切にするために、炊き上がったご飯に蕗を混ぜ込む方法もあります。澪《みお》の調理方法では、色と歯触りを残しつつ、蕗の野趣あふれる味わいを堪能《たんのう》できます。「そうそう、この味」と思って頂けるかと。

下ごしらえ
＊蕗は葉を落とし、鍋《なべ》に横にして入る程度に切り揃《そろ》え、たっぷりの塩(分量外)で板摺《いたず》りしておきます。
＊米は洗って、充分に吸水させておきましょう。

作りかた
1たっぷりのお湯で蕗がしんなりする程度に湯掻《が》きます(湯掻き過ぎに注意)。
2水に取って暫《しばら》く置き、皮を剝《む》いて、1.5cm幅に揃えて切ります。
3炊く用意をした米に、酒と塩、2の蕗を入れて炊き上げます。

金柑《きんかん》の蜜《みつ》煮《に》

材料
金柑……500g程度
砂糖……300g
酢……小さじ1

下ごしらえ
＊金柑は丁寧に洗い、竹串《たけぐし》を使ってへたをひとつずつ取り除いておきます。ついで包丁で縦に切れ込みを5、6カ所。

作りかた
1　たっぷりのお湯で金柑を5分ほど茹《ゆ》で、水に晒《さら》して笊《ざる》に上げます。
2　竹串を使って種を丁寧に取り除きます。
3　鍋《なべ》にひたひたの水を張り、金柑と砂糖を加えて弱火にかけ、沸騰したら落とし蓋《ぶた》をして静かに煮含《にふく》めます。
4　蜜が煮詰まり始めたら、酢を回し入れて、もうひと煮立ち。

ひとこと
「こぼれ梅」は味醂《みりん》製造元で入手して頂くことにして、今回は替わりに金柑の蜜煮をご紹介します。基本は上白糖ですが、グラニュー糖を使えばあっさりと上品な味に、三温糖を使えばこっくりとした深い味に仕上がります。お好みで色々お試《ため》しください。

なめらか葛饅頭《くずまんじゅう》

材料（4人分）
葛（出来れば吉野葛）……25g
砂糖……45g
水……100cc
小豆濾し餡……100g

下ごしらえ
＊餡《あん》は手作りでも、市販のものを用いても、どちらでも構いません。それを4等分して、丸く成形しておきます。
＊ボウルにたっぷりの冷たい水を用意。
＊手を冷やすための水も用意しましょう。

作りかた
1葛に、水を少しずつ加えて木の杓文字《しゃもじ》で混ぜながら完全に溶かします。

2砂糖を1に加えてよく混ぜたら、一旦《いったん》、濾《こ》し器などで濾します。

3鍋《なべ》に2を入れて中火にかけ、底から混ぜ、煮立ち始めたら弱火に落として、手早く底からしっかり混ぜます。

4生地3が透明になったら、火から下ろし、匙《さじ》か木べらで一口大に掬《すく》い、水で濡《ぬ》らした掌《てのひら》に広げます（火傷《やけど》に注意）。

5真ん中に餡を置き、手早く生地で包みこみます。

6冷たい水を張ったボウルに放《はな》ち、冷やします。乾いた布巾《ふきん》などで水気を取ったら出来上がり。

ひとこと
さらに透明感のある仕上がりにするには、6の工程のあと、蒸し器で5分ほど蒸すと良いでしょう。この料理ではくれぐれも火傷に気をつけてください。ラップなどを用いて成形しても良いと思いますよ。

忍《しの》び瓜《うり》

材料（4人分）

胡瓜……3本（300g程度）
胡麻油……小さじ1
砂糖……小さじ1
酢……大さじ2・5
醤油……大さじ2・5
出汁……50cc
鷹の爪……適宜

下ごしらえ

＊胡瓜《きゅうり》は、板摺《いたず》りし、めん棒などで叩《たた》いて繊維を壊してから、へたを落とし、4等分〜5等分に切ります。
＊鷹《たか》の爪《つめ》は種を取って、細めの小口切り。
＊出汁《だし》を引き、胡瓜以外の調味料を全部あわせておきます（A）。

作りかた

1 下ごしらえしておいた胡瓜を、さっと湯掻《が》いて笊《ざる》に取ります。
2 熱々の1をAの調味液に漬けます（出来れば1時間以上）。

ひとこと

簡単に出来て、その美味《おい》しさに嬉《うれ》しくなります。食べる前に冷蔵庫（江戸時代には無いけれど）できんきんに冷やすことをお勧めします。盛りつけて、仕上げにぱらりと白胡麻《しろごま》をあしらっても良し、お好みで色々お試《ため》しあれ。

デザイン・西村真紀子（アルビレオ）

本書は時代小説文庫（ハルキ文庫）の書き下ろし作品です。

時代小説文庫
た 19-2

花《はな》散《ち》らしの雨《あめ》 みをつくし料理帖《りょうりちょう》

著者 髙田《たかだ》 郁《かおる》

2009年10月18日第一刷発行
2009年11月18日第七刷発行

発行者 角川春樹

発行所 株式会社 角川春樹事務所
〒101-0051 東京都千代田区神田神保町3-27 二葉第1ビル

電話 03(3263)5247[編集] 03(3263)5881[営業]

印刷・製本 中央精版印刷株式会社

フォーマット・デザイン&シンボルマーク 芦澤泰偉

ISBN978-4-7584-3438-6 C0193
http://www.kadokawaharuki.co.jp/[営業]
fanmail@kadokawaharuki.co.jp[編集] ご意見・ご感想をお寄せください。

時代小説文庫

八朔の雪

みをつくし料理帖

髙田 郁

書き下ろし

神田御台所町で江戸の人々には馴染みの薄い上方料理を出す「つる家」。店を任され、調理場で腕を振るう澪《みお》は、故郷の大坂で、少女の頃に両親を失い、天涯孤独の身であった。大坂と江戸の味の違いに戸惑いながらも、天性の味覚と負けん気で、日々研《けん》鑽《さん》を重ねる澪。しかし、そんなある日、彼女の腕を妬み、名料理屋「登龍楼《とりゅうろう》」が非道な妨害をしかけてきて……。大好評「みをつくし料理帖」シリーズ、第一弾。